文春文庫

俠《おとこ》飯《めし》 9

ヤバウマ歌舞伎町篇

福澤徹三

文藝春秋

もくじ

デザイン　征矢　武
イラスト　3rdeye

俠飯⑨

ヤバウマ歌舞伎町篇

プロローグ――応募したら即闇落ち。恐怖の求人広告

コンビニの窓のむこうで、煉瓦《れんが》造りの壁に飾ったイルミネーションが青くきらめいている。まだ十一月なかばだけれど、むかいにある高級そうなイタリアンレストランはもうクリスマスの雰囲気だ。

蓬創介《よもぎそうすけ》はイートインのカウンターで海苔《のり》弁当を食べながら、通りを行き交うひとびとを眺めていた。金曜の夜とあって若いカップルが多い。これから夕食にいくのか、夕食の帰りなのか。幸せそうな表情がうらやましい。

イートインのカウンターは窮屈《きゅうくつ》なうえに満席で、ちょっと身動きすると肩がぶ

つかる。左隣の女子高生はメイクなおしに夢中で、化粧品の匂いが鼻につく。右隣の肥《ふと》った中年男はカップ麺をずるずる啜《すす》りあげる音が耳障《みみざわ》りだ。

創介は、さっきまで面接を受けていた。ずっと金欠のせいで、きょうは朝も昼も食べていない。面接を終えた帰り道で空腹が我慢できずイートインを使ったが、こんなことなら自分の部屋で食べればよかった。

とはいえ、ここ数日はカップ麺ばかり食べていただけに、海苔弁当でもごちそうに思える。おかずと飯の配分を考えつつ割箸《わりばし》を動かしていたら、大学生くらいのカップルがイタリアンレストランに入っていった。慣れた様子からして行きつけなのだろう。ふたりは自分とおなじはたちくらいに見えるのに、この格差はなんなのか。あんな店にいく金はないし、彼女もいない。

創介は今年の春まで国際情報ビジネス学院の学生で、同級生とつきあっていた。彼女とは一年ほどの交際でそれほど熱をあげていたわけではないが、卒業と同時にふられたのはショックだった。なにがいけなかったのか訊《き》くと、

「蓬くんってまじめだけど、すっごく地味じゃん。いっしょにいても、あんま楽しくないから」

そういわれたら、たしかにそんな気もして反論できなかった。

彼女は保育園に事務員として就職したけれど、自分はどこからも内定をもらえなかった。それもふられた原因かもしれない。もっとも専門学校の同級生たちは、大半が就職できぬまま卒業式を迎えた。

代々木《よよぎ》にある国際情報ビジネス学院のオープンキャンパスにいったのは、高三のときだった。体験授業のサポートをしてくれた在校生はやさしく、校内の雰囲気は明るかった。講師は学校説明会でたくさんの求人票を見せて、

「本校はとにかく就職に強いんです。みなさんは卒業後、志望する企業で即戦力として活躍できます」

さまざまな資格が取得できると聞いて、就職に有利だと思った。創介もいくつかの検定を受けて資格をとったが、就活ではまったく相手にされなかった。かろうじて面接にこぎつけたIT関連の企業では、面接官に苦笑された。

「このレベルの資格は、わざわざ履歴書《りれきしよ》に書くほどじゃない。ないよりましってだけで、現場ではぜんぜん通用しないよ」

就活を続けるうちに、遅まきながら国際情報ビジネス学院の内情がわかった。オープンキャンパスや学校説明会は学生を集めるための「客寄せ」で、創介たち高校生の相手をしたのは、講師と仲がよく成績優秀な在校生だった。求人票がた

くさんあるのは、就職担当の職員が企業をまわり、名目だけでも求人をだすよう頼んでいるからだった。

創介は、やはり大学へいくべきだったと悔やんだ。しかし高校の成績は月並みだったので、大学へいっても就活で苦労しただろう。専門学校を選んだのは東京でひとり暮らしをしたかったのと、学費が安かったからだ。

創介の実家は山口県の郊外にある団地で、父の健介《けんすけ》はタクシーの運転手である。両親が離婚したのは創介が小学校四年のときで、それから父とふたり暮らしになった。父は四十すぎて十五歳下の母と結婚したので、もう六十三になる。

「せっかく東京いくんやから、大学のほうがええんとちがうか」

父はそういったが、家計が貧しいだけに学費の負担をかけたくなかったし、奨学金を借りるのも気が進まなかった。

国際情報ビジネス学院に入学してからは、仕送りだけでは生活費が足りず、中《なか》野《の》にあるカラオケボックスでバイトした。酔っぱらって盛りあがる客たちのなかで、黙々と仕事をするのは精神的につらかった。何種類もあるコース料金をおぼえたり、フードやドリンクの提供をしたり、部屋の清掃をしたりと肉体的にも重労働で、深夜のシフトが入った翌朝はしばしば授業に遅刻した。

創介は就職が決まらなかったから、卒業後もカラオケボックスで働いた。ところが三か月前、人件費削減を理由に突然解雇《かいこ》された。その日ははたちの誕生日だったから気分は最悪で、コンビニで買った缶酎《ちゅう》ハイを自分の部屋で呑《の》みすぎてべろべろになった。

こんどは雇用が不安定なバイトよりも正社員になりたい。そう思って大手の求人サイトを毎日チェックし、何社かに応募したが、面接までいかずに「お祈りメール」が送られてきた。「お祈りメール」とは不採用通知で、末尾に「今後のご活躍をお祈り申しあげます」とあるからそう呼ばれる。

三か月も収入がなかったせいで、わずかな貯金は底をつきかけ、もうじき家賃が払えなくなりそうだ。ひとまず日払いのバイトをしようと思ったが、条件にあうところが見つからない。

父に金を送ってもらおうにも、夏に帰省《きせい》したとき大ゲンカした。

「もう山口にもどってこい。東京におっても就職できんやろが」

「仕事は探してるけど、いい会社が見つからないんだよ。でもバイトはちゃんとやってる」

「バイトバイトて、なんのために専門学校いったんか。高い金払《はろ》うたのに」

「それでも大学より学費は安いじゃん。おれだって家計を心配して——」

「甘えるな。おれにいつまで仕送りさせる気か」

「それは悪いと思ってるけど、こっちに帰ったって、いい仕事ないよ」

「選《え》り好みするからよ。うちにおったら金もそんなにかからんのに」

「じゃあ、もういいよ。仕送りはいらない」

「嘘をつけッ。どうせまた金がないて電話してくるくせに」

「そんなことしないってば。仕事が決まるまで、もうこっちには帰らない」

「おう帰ってくるなッ。あとで泣きごというなよ」

それ以来、父とは口をきかず、東京にもどってからも連絡はとっていない。仕送りがなくなったぶんバイトのシフトを増やしたが、いきなりクビになって計算が狂った。

きょう面接にいったのは、株式会社ゴーナッツという会社だった。募集要項には「弊社《へいしや》は仮想通貨やブロックチェーンゲームの企画開発を提供するスタートアップ企業です。新規事業拡大のためサポートスタッフ急募！　未経験者歓迎！

研修期間は日払い制度あり。時給二千円～」とあった。

仮想通貨やブロックチェーンゲームについて予備知識はないが、未経験者歓迎なら問題なさそうだ。研修期間中に日払い制度があるのがいいし、デスクワークもやってみたい。応募画面から申しこみすると履歴書用のテンプレートが送られてきたので、必要事項を記入し顔写真を添付《てんぷ》して送った。

また「お祈りメール」が届くかと思いきや、きのう会社から電話があって、いつ面接にこられるか訊かれた。創介は興奮して、いつでも大丈夫です、と答えたら、きょう六時に面接になった。

電話してきた男性社員は人事課長の佐藤《さとう》と名乗り、

「うちは場所がわかりにくいので、ご案内します。新宿伊勢丹《しんじゅくいせたん》の前から、この番号に電話してください」

就活をしていたとき量販店で買ったスーツを着て、新宿へいった。面接には身分証明書が必要だといわれたので、保険証を持ってきた。

新宿伊勢丹の前から電話をかけると、まもなく佐藤が迎えにきた。黒いセルフレームのメガネをかけ、歳《とし》は二十代なかばくらいで高級そうなスーツを着ている。佐藤は色白の顔に笑みを浮かべて、

「さっき急な来客があって、応接室も会議室もぜんぶふさがったんだよ。申しわけないけど、べつのところで面接させてね」

佐藤に案内されて、近くのファミレスにいった。佐藤はテーブルをはさんでむかいあうと、なんでも好きなものを注文して、といった。腹は減っていたけれど、面接で食事をするわけにもいかないからコーヒーにした。

佐藤はビットコインやイーサリアムといった仮想通貨やブロックチェーンゲームの将来性について熱心に語った。

「いま仮想通貨は以前にくらべて値をさげてるけど、これからがチャンスなんだよ。特にうちが取引してるクライアントは優良で――」

仮想通貨は何年か前に暗号資産と呼ぶようになったとネットで見た気もするが、専門用語が多くてよくわからない。佐藤はスマホで創介の保険証を撮影すると、実家の住所や家族構成について細かく訊き、気を悪くしないでね、といった。

「うちの会社は信用第一だから、身分照会をきっちりやるんだ」

佐藤は採用の合否はなるべく早く連絡するといい、面接は終わった。

創介はわびしい夕食を終えてコンビニをでた。

薄っぺらいスーツ越しに夜風が冷たい。新宿駅から地下鉄に乗り、中野坂上《なかのさかうえ》駅でおりた。自宅へむかっていると、胸ポケットでスマホが震えた。画面を見ると佐藤だった。急いで電話にでると、いま役員会議で採用が決まったという。

「とりあえず研修を受けてもらう。それでいい？」

「はい、もちろんです」

「じゃ来週から本社で研修ね」

「はいッ」

「で、その前にクライアントから送られてくる荷物があるんだ。きみの住所氏名と連絡先を先方に伝えるから、荷物が届いたら指定する場所へ運んで」

採用といわれて舞いあがったが、なんだかひっかかる。なぜ研修前の自分にそんなことをさせるのか。あの、と創介はいって、

「――それって法律に触れたりしないですよね」

「まさか。荷物の中身は書類だから、ぜんぜん大丈夫。そのクライアントは、取引所を通さないで仮想通貨の売買をしたいって希望なの。これも研修の一環として日給は一万六千円ね」

「――わかりました」

まだ不安は残ったものの、荷物を運ぶだけで一万六千円は魅力的だ。ゴーナッツは大手の求人サイトに掲載されていた会社だから信用できるはずだ。

無職になってから起床時間が遅くなった。目が覚めるとベッドのなかでスマホを見るのが習慣だが、そのまま二度寝してしまうことも多い。けさもいったん起きてうとうとし、目を覚ましたのは昼すぎだった。

ゆうべは佐藤に頼まれた荷物のことが気になって、株式会社ゴーナッツについてネットで検索した。公式サイトがあったので安堵《あんど》したが、会社沿革や資本金や従業員数などは載っていない。まだ新しい会社だから情報がすくないのだろうと自分にいい聞かせた。

創介はのろのろとベッドをでて浴室の洗面台で顔を洗った。便器と浴槽がいっしょになったユニットバスタイプの浴室はせまくてカビ臭い。カビ臭いのは掃除をサボっているせいもあるが、築五十年近いアパートだけに掃除をしても饐《す》えた臭いが抜けない。

アパートは二階建てで、中野坂上駅から徒歩十分ほどの住宅街にある。部屋は二階で間取りは１Ｋ、家賃は四万ちょっと。家賃が安いのと国際情報ビジネス学院がある代々木まで電車で近いから借りたが、彼女と別れてからは誰もこないので室内は散らかり放題だ。

専門学校生だったころ、仲のよかった同級生はやはり就職が決まらず、新潟《にいがた》の実家に帰って疎遠になった。職探しをする以外は、毎日スマホを見たりゲームをしたりで時間を潰す。それにも飽きて、ふとわれにかえると無人島にいるような孤独を感じる。気晴らしに散歩へいくと、大勢のひとびとが歩いているが、みんな赤の他人でこっちを見向きもしない。

ツイッターやユーチューブやインスタグラムでもやれば、孤独を癒《いや》せるかもしれない。しかし匿名でのやりとりは物足りないし、粘着されたり炎上したりするのが怖い。

寝起きの頭がはっきりしてくると、急に空腹をおぼえた。ゆうべコンビニで海苔弁当を食べたきり、スナック菓子しか口にしていない。遅い朝食をとろうと、ポットで沸かした湯をカップ焼そばに注《そそ》いだら、玄関のチャイムが鳴った。ドアスコープを覗《のぞ》いたら宅配便で、軽くてちいさな段ボール箱をわたされた。送り状を見ると、送り主は匿名で品名は書類とある。

ゴーナッツの荷物とは、これなのか。匿名なのは変だと思っていたら、スマホが鳴った。相手は佐藤で、荷物が届いただろ、と訊いた。

「はい。届きましたけど――」

「じゃあ、いまからいう場所へ持っていって」

佐藤は新宿の大久保《おおくぼ》公園へいき、公衆トイレの前で待てという。

「そこにうちのスタッフがくるから荷物をわたして。日給はそこで払うから大至急でいってね」

返事をする前に電話は切れた。

まともな会社が匿名の荷物を公園で受けわたしするはずがない。これは怪しい。怪しすぎる。やっぱり断ろう。創介は電話をかけなおして、

「あの、荷物を運ぶのは、やっぱりやめとこうかと――」

佐藤はがらりと口調を変えて、もう遅《おせ》えよ、といった。

「えッ」

「大至急っていっただろ。いますぐいけッ」

有無をいわさぬ怒声に電話を切るしかなかった。カップ焼そばは湯を入れたままだが、もう食べる気は失せている。

段ボール箱の中身は、ほんとうに書類なのか。中身を確認しようにもビニールテープで厳重に梱包《こんぽう》されている。荷物は運びたくないけれど、自宅に置いておくわけにもいかない。新宿へいって公園で荷物をわたし、日給をもらってそれで終

わりにしよう。

創介は服を着替えてアパートをでた。

どんより曇った空に鴉《からす》が一羽舞っている。地下鉄の中野坂上駅へむかって急ぎ足で歩いていると、ふたたび不安が頭をもたげてきた。段ボール箱の中身が違法なものだったら自分まで罪に問われるのではないか。

中野坂上駅のそばまできたとき、道路のむこうの交番が目にとまった。交番で事情を話して、問題ないかどうか確認したほうがいい。

中野坂上駅を通りすぎ横断歩道で信号待ちをしていると、前をさえぎるように黒いヴェルファイアが停まり、スライドドアが開いた。黒いジャージ姿で黒いマスクをした体格のいい男がおりてくると、目の前に立った。髪は短いフェードカットで、日サロで焼いたのか顔は真っ黒だった。首筋に蛇《へび》のタトゥーがあるから、創介はおびえつつ、

「な、なんですか」

男は無言で段ボール箱をひったくり、車内に放りこんだ。男の脇をすり抜けて段ボール箱をとりもどそうとしたら、尻を蹴飛《けと》ばされてつんのめった。次の瞬間、男は創介を車内に押しこみ、スライドドアを閉めた。

ヴェルファイアはどこかを走っている。

聞こえてくる音からすると街中のようだ。さっき車に押しこめられて逃げようとしたが、男にナイフを突きつけられて身動きできなくなった。運転席にも黒いマスクをした長髪の男がいて、まもなく車は走りだした。

創介は頭から黒い布袋をかぶせられ、後部座席に座っていた。後ろにまわした両手はケーブルを束ねる結束《けっそく》バンドで縛《しば》られ、隣にはナイフを持った男がいる。男たちは何者なのか。これからどうなるのか。恐怖で脂汗《あぶらあせ》がにじみ、膝頭《ひざがしら》が震える。隣の男はスマホで誰かと話しているらしい。

「運びが下手打った。悪いけど、ひとっ走りしてくれ」

運びとは自分のことだろうか。

すこし経《た》って横断歩道にさしかかったらしく車は停まり、音響式信号のピヨピヨとカッコウの誘導音が聞こえる。バイクの音が近づいてきてスライドドアが開く音がした。隣の男が段ボール箱を誰かにわたす気配があって、

「じゃあ頼んだぞ」

スライドドアが閉まる音とともにバイクの音が遠ざかった。車はふたたび走り

だした。あ、あのう、と創介はいって、

「あ、あなたたちはゴーナッツのかたですか」

なんだそれ、と隣の男の声がした。

「そんなもん知らねえ」

「で、でもゴーナッツの佐藤さんは、おれんちにクライアントから荷物が送られてくるって――」

「佐藤も知らねえが、おれたちはおまえが荷物をちゃんと届けるか見張ってたんだ。そしたら交番へいこうとしやがった。そうだろうが」

そうだというわけにもいかず黙っていると、

「荷物の中身はシャブだ」

「えッ」

「警察《サツ》にチクったら、パクられるぞ。おまえはもう犯罪者なんだ」

「そんな――」

「そんなもこんなもねえ。おまえの身元はわかってんだ。もし逃げやがったら、こいつはシャブの運び屋だって、ネットに顔写真と名前さらすからな」

男がゴーナッツや佐藤を知らないというのは嘘だろう。佐藤を通じて履歴書や保険証の画像を入手したにちがいない。大手の求人サイトに載っている会社が、こんな連中と関わって覚醒剤の運び屋をやらせるとは思いもしなかった。なんとか逃げだして警察に通報したいが、一時的にでも覚醒剤を受けとったから共犯者あつかいされるかもしれない。ネットに顔写真と氏名をさらされたら、就職どころかバイトもできなくなる。

やがて車が停まりスライドドアが開く音がした。創介は男に腕をつかまれ車をおろされた。結束バンドははずされたが、黒い布袋はそのままだ。すこし歩くとエレベーターの音がしたので、どこかのビルに入ったらしい。下水のような臭いが鼻につく。

三人を乗せたエレベーターは上昇し、扉が開く音がした。背中を押されて廊下を歩き、どこかの部屋に入ったと同時に布袋がはずされた。

そこは映画やテレビで観《み》たキャバクラのような雰囲気だった。天井からさがったシャンデリアが暗めに灯《とも》り、赤い絨毯《じゅうたん》が床に敷きつめられている。革張りのボックス席がいくつもあるが、客や従業員の姿はない。

男たちにうながされて、いちばん奥のボックス席にいくと、赤いレザーのスーツを着た大男がテーブルに足を投げだしていた。ツーブロックの金髪で、歳は三十代なかばに見える。眉毛はなく、ボクサーのように腫《は》れぼったい目が異様な光を放っている。

首筋にタトゥーのある男と車を運転していた長髪の男が、マスクをはずして一礼した。タトゥー男は創介の頭を押さえて無理やりお辞儀《じぎ》させ、

「社長、連れてきました」

金髪男は腫れぼったい目をこっちにむけて、

「おまえのせいで、きょうの取引はトラブった。とりま迷惑料で三百万」

感情のこもらない声でいった。

ど、ど、どういうことですか、と創介は舌《した》をもつれさせて、

「お、おれは送られてきた荷物を受けとっただけで、なにもしてません」

「荷物受けとったら、仕事を受けたのとおなじだろが。ソッコーで三百万払え」

「無理です。収入もぜんぜんないのに——」

社長に盾《たて》つくんじゃねえ、とタトゥー男がいって、

「おれたちが誰かわかってんのか。東京リッパーズだぞ」

「よけいなことをいうな」

金髪男が尖《とが》った声をあげた。

すみません。タトゥー男が頭をさげた。東京リッパーズはネットのニュースで見たことがある。都内を縄張《なわば》りにする凶悪な半グレ集団で、警察は準暴力団と認定していると書いてあった。それを思いだして、ますます怖くなった。

「どこかで借りるか、かあちゃんにでも払ってもらえ」

と金髪男がいった。創介はかぶりを振って、

「母はいません」

「なら、おやじに頼め」

「父も貧乏だから、とてもそんな大金は――」

「おまえは身バレしてっから、おやじ追いこむくらい簡単なんだ。息子がシャブの取引でトラブったっていやあ、どっかで都合するだろうよ」

「許してください。お願いします」

「金払うまでは許せねえよ。それとも三百万ぶん働くか」

父に迷惑はかけたくないから、うなずくしかなかった。

「おまえ、仕事はなにやってた？」

「カラオケボックスでバイトしてましたけど、クビになって――」

オケボにいたんなら、とタトゥー男が口をはさんだ。

「接客できそうっすね。しばらく研修させたらOSのプレーヤーでいけるかも」

金髪男はゴールドの太い指輪がいくつもはまった指で顎《あご》をまさぐり、プレーヤーじゃ使えねえ、といった。

「こいつは、すぐ警察《サツ》にタレこむような奴だ。下手打ったら支店ごと持ってかれるぞ。来週六本木《ろっぽんぎ》のタワマンでルパンやっから、こいつに見張りさせろ」

「あの案件はタタキになるかもしれないんで、こんなへなへなした奴じゃ無理だと思いますけど」

会話の内容はわからないけれど、悪い方向へむかっているのは確実だ。半グレの仕事をやらされたら、本物の犯罪者になってしまう。悪夢のような状況に焦《あせ》りまくっていると、ヴェルファイアを運転していた長髪男が、社長、といった。

「こいつひきとってもいいっすか。こないだワスプの従業員が飛んだんで」

「こんなガキどうでもいいけど、おまえが三百万肩代わりすんのか」

「例のアテンドがうまくいきそうですから、それでなんとか――」

「ふーん。そりゃいいな。ぜってー成功させろよ」

「はい」

「失敗したら、ただじゃすまねえぞ。それとガキは逃がすなよ。おれのツラ見てるんだし、なんかヤマ踏むときに使うかもしれねえ」

「連れてけ。金髪男は顎をしゃくった。

創介は長髪男に黒い布袋をかぶせられ、外へ連れだされた。そのあとヴェルファイアでどこかに移動した。すこし経って車は停まり、スライドドアが開く音がして、黒い布袋をはずされた。そこは、まわりをビルに囲まれたコインパーキングだった。おりろ、と長髪男がいった。

「こ、ここはどこですか」

「歌舞伎町《かぶきちよう》だよ」

長髪男は白いジャージのポケットに両手を突っこんで歩きだした。逃げようと思えば逃げられそうだが、報復が怖いからあとをついていくしかない。コインパーキングをでて五分ほど歩くと、古びた飲食店や民家がならぶ薄暗い路地があった。長髪男はそこに入って、一軒の店の前で足を止めた。

塗料が剝《は》げかけた木製のドアの上に、紫色の薄汚れたテントが張ってあり、丸っこい文字で「すなっく　ニュー来夢《らいむ》」と書かれている。実家がある山口でも、こんな当て字の店を見かけたのを思いだした。ドアの前にはヒビが入った電飾看板が置かれ、それにもニュー来夢の文字がある。

長髪男は持っていた鍵でドアを開けた。ドアに暴力団排除宣言のステッカーが貼ってあるのが笑える。長髪男は壁を手探りして照明をつけ、入れ、といった。六人掛けのカウンターとボックス席がひとつある。ボックス席のソファはL字型で五人掛けだ。内装は外観とおなじくレトロで、カウンターのむこうの棚に洋酒や焼酎のボトルがならび、壁に色褪《いろあ》せた写真がびっしり貼ってある。

長髪男はボックス席のソファを顎で示して、座れ、といった。創介が腰をおろすと長髪男はカウンターに入って、

「なんか飲むか」

ずっと緊張していたせいで喉《のど》は渇《かわ》ききっているから、おずおずとうなずいた。テーブルに名刺が一枚あって、「ワスププロダクション代表　蜂矢翼《はちやつばさ》」とある。さっき長髪男はワスプの従業員が飛んだといっていたから、なにか関係があるのかもしれない。

長髪男は缶コーラをふたつ持ってきて、むかいに座った。創介は喉を鳴らしてコーラを飲み、長髪男の顔をちらりと見た。歳は二十代後半くらいで顎鬚《ひげ》を生《は》やしている。眉間《みけん》に皺《しわ》を寄せているが、垂れ目の甘い顔だちだった。

「やべえことになったな」

長髪男はコーラをひと口飲んで微笑した。

「リッパーって、どういう意味かわかるか」

「さあ――」

「英語で、切り裂《さ》き魔って意味だ。東京リッパーズににらまれたら、もう逃げられねえ。運が悪かったと思ってあきらめろ」

「そういわれても、逃げだしたいです」

「すこしはおれに感謝しろよ。おれが助け舟ださなかったら、三百万ぶん働かされてたぞ」

「すみません。あの、ちょっと訊いていいですか」

「なんだよ」

「さっきあのひとたちがいってたOSのプレーヤーとか六本木のタワマンでルパンとか、どういう意味ですか」

「OSはオレオレ詐欺、プレーヤーは電話をかける『かけ子』、ルパンは窃盗」

あいつらは自分にそんなことをさせようとしたのか。創介はぞっとしつつ、

「タタキは?」

「強盗だよ」

長髪男はタバコに火をつけて煙を吐きだした。創介は溜息《ためいき》をついて、

「で、おれはどうすれば――」

「どうせプーなんだろ。ここで働け」

「えッ」

「厭《いや》なら、さっきの奴らのところに連れもどす」

「それはかんべんしてください」

長髪男によると、バイトが急に辞めたので人手が足りないという。

創介は店内を見まわして、

「ここって、なんの店ですか」

「もとはスナックだけど、いまはバー。店は七時オープンで一時閉店。休みは日曜。オケボとおなじで簡単なドリンクとフードを作るだけさ」

「きゅ、給料は――」

「見かけによらず図々《ずうずう》しいな。あんな大ピンチから助けてやったんだ。タダ働きでもお釣《つ》りがくるくらいだ」

「でも、このままだと家賃が払えないんです」

「じゃあ日給六千円」

七時から一時までの六時間勤務で六千円ということは、時給千円だから東京都の最低賃金よりすくない。が、どうせ逃げられないのなら、やってみるしかない。

わかりましたと答えると、長髪男はこっちをにらんで、

「東京リッパーズのことは誰にもしゃべるんじゃねーぞ。おれとは、そのへんの居酒屋で知りあったっていえ」

創介はうなずいてテーブルの名刺に目をやった。

「あの、この名刺は」

「おれのだよ。おれは芸能事務所やってて忙しい。このあと仕事の段取り教えるから、一回でおぼえろ」

「出勤はいつからですか」

「きょうからに決まってんだろ」

長髪男はにべもなくいった。

① 冷凍食品がひと手間で激変の簡単レシピ

飲食店や風俗店がひしめく通りは、喧騒《けんそう》に満ちている。通行人のざわめき、パチンコ店の音、ゲームセンターの電子音、店から流れる音楽。それらにまじって、客引きに注意してくださいと新宿警察署のアナウンスが流れる。時刻は六時前だが、十一月下旬とあって歌舞伎町はもう夜の雰囲気だ。

創介は白いワイシャツに黒いスーツを着て、歌舞伎町一番街を歩いていた。スーツは長髪男——蜂矢翼にもらったお古だから、体形にあっていない。

「うちはバーなんだからスーツを着ろ」

蜂矢はそういったけれど、あの店はどう考えてもバーに見えない。

右手にゴジラヘッドで有名な新宿東宝ビルがあり、左手に歌舞伎町シネシティ広場――通称「広場」がある。そのむこうに、地上四十八階建ての東急歌舞伎町タワーがそびえている。

創介はトー横キッズと呼ばれる若者たちがたむろする広場をすぎて、歌舞伎町交番前の横断歩道をわたった。そこから大久保方面へすこし歩いてひと気のない路地に入り、蜂矢から預かった合鍵でニュー来夢のドアを開けた。真っ暗な店内は、ゆうべの酒やつまみの匂いがこもっている。

創介は照明をつけて床に掃除機をかけ、トイレを掃除した。トイレの壁には「急ぐとも心静かに手を添えて外にもらすな松茸《まつたけ》の露《つゆ》」と書いた短冊と「つまづいたっていいじゃないか　にんげんだもの　みつを」と書いた色紙が貼ってある。短冊も色紙も黄ばんでいて、剝がしたい衝動に駆《か》られるが、

「この店のものは勝手に捨てるなよ」

と蜂矢にいわれている。

トイレ掃除のあと、ダスターと呼ばれる雑巾《ぞうきん》でカウンターを拭き、そのあとボトルやグラスがならぶ棚を拭いた。棚の下には引出しがあって、伝票や領収書や

紙ナプキンなど雑多なものが入っている。創介は足りなくなった酒を酒屋に注文すると、ボックス席でひと息ついた。

この店で働きだして一週間が経った。七時から一時までの六時間勤務だと思ったら、蜂矢は開店の準備があるから六時に出勤しろという。それでも日給六千円だから、時給にすれば八百五十七円しかないが、そんなことより半グレが経営する店で働くのは厭だった。

やはり警察に相談すべきかと思ってネットで調べると、自分とおなじように宅配便で送られてきた荷物を、指定された公園で見知らぬ人物にわたした女性が二年六か月の実刑判決を受けていた。荷物の中身は現金で、オレオレ詐欺の被害者が送ったものだった。

自分は荷物を誰にもわたしていないが、金髪男やタトゥー男の証言しだいでは有罪になるかもしれない。それだけでなく警察に相談したのがばれたら、報復されるに決まっているから、なにもできなかった。

もっとも蜂矢は日払いで金をくれるので今月の家賃は払えそうだし、店の仕事は思ったよりも楽だった。ドリンクは中瓶のビール、サワー、酎ハイ、ワイン、ウイスキーの水割り。フードはナッツやスナック菓子などの乾きものとレンジで温めるだけの冷凍食品がほとんどだから、カラオケボックスのバイトで作っていたものと大差ない。

料金はドリンクが七百円から千円くらい、フードはすべて七百円。歌舞伎町という立地で、半グレの店にしては良心的な価格だ。

「ぼったくりなんかでパクられたくねえからな」

蜂矢はそういったけれど、従業員は創介のほかに枡賀《ますが》凛花《りんか》という同い年の女の子しかいないから、高いといえば高い。

凛花は「病《や》みかわいい」といわれる地雷《じらい》系メイクで、顔は血の気が失《う》せたように白く、目元は泣き腫らしたみたいに赤い。一般受けしそうもないけれど、

「メンヘラ感だしてたほうが好きって男も多いの」

凛花は店がひまになるたび外にでて、サラリーマンや大学生といった客を連れてくる。いわゆるキャッチだ。凛花は誰にでもタメロで接客がそっけないせいか、いまのところ常連と呼べる客はいない。

「凛花ちゃんは、なぜここで働いてるの」

何日か前に訊いたら、

「ちゃんはいらない。凛花でオッケー」

凜花は高校卒業と同時に川崎《かわさき》の実家を家出したが、いくあてもなくトー横キッズになった。彼女によると、トー横キッズははじめ新宿東宝ビルの横にいたので、そう呼ばれたが、二年ほど前からシネシティ広場に移ったらしい。

当時の凜花はシネシティ広場をぶらついて、声をかけてくる男や出会い系居酒屋で知りあった男から小遣《こづか》いをもらっていたという。いわゆるパパ活だ。

「でもウリはやってないよ。いっしょにごはん食べるだけ」

「住むところは？」

「ネカフェ泊まったり、友だちとビジホで雑魚寝《ざこね》したり。あのころは毎日パキってて、めちゃくちゃだった」

「パキってて？」

「OD──オーバードーズでドンギマリすんの。咳止《せきど》めとか睡眠薬とか山ほど飲むと、頭ぶっ飛ぶよ」

「どうして家出したの」

「いまのパパが嫌いだから」

「いまのパパ？」

「ほんとのパパは長距離トラックの運転手だったの。でも、あたしが小六のときに事故で死んじゃって——」

事故の原因は、過労による居眠り運転だった。母親は家計を支えるために近所のスナックで働きはじめ、そこで知りあった年下の会社経営者と再婚した。けれども凜花は義父とまったく気があわず、実家を飛びだした。

「妹はあたしとちがってまじめで勉強ができるから、いまのパパに気に入られてるんだけど——あ、そうだ。なんでここで働いてるかって話だったよね」

一年ほど前の夜、凜花は区役所通りでナンパしてきた男たちと揉《も》めて、車で連れ去られそうになった。通行人は無関心だったが、通りかかった蜂矢に助けられた。それがきっかけでこの店で働くようになり、いまは西新宿のシェアハウスに住んでいるという。

「広場を卒業できたのはマスターのおかげ」

「蜂矢さんってやさしいんだ」

「うん。半グレのわりには」

「え？」

「とぼけないでいいよ。創介も知ってるんでしょ」

「でも蜂矢さんは誰にもいうなって——」

「マスターはいちおう幹部なのに、ずっと足を洗いたがってるからね。でも堅気《かたぎ》になるには、すごくお金がかかるんだって」

凜花によると蜂矢は二十九歳で、ワスププロダクションの代表を務めているが、所属タレントは無名に近く、経営は苦しい。芸能人やスポーツ選手や会社経営者といった有名人のアテンドで稼いでいるという。

「アテンドって、なにやるの」

「お金持に女の子紹介するの。それで手数料もらってるみたい」

創介が拉致《らち》されてキャバクラのような店へ連れていかれたとき、蜂矢は赤いレザーのスーツを着た社長と呼ばれる大男に、例のアテンドがうまくいきそうだといった。そのおかげで三百万を払わずにすんだのだから、アテンドの対象はかなりの大物だろう。

蜂矢はこの一週間、ほとんど店におらず、閉店前に顔をだして売上げを持っていく。凜花とふたりで店番するのは不安だが、彼女にそれをいうと、

「大丈夫よ。ガラの悪そうな客は、ぜったいNGってマスターにいわれてる」

「じゃあ半グレもこない?」

「こない。マスターは、この店やってることを秘密にしてるから」

もしかして凛花は、蜂矢の彼女なのか。なんとなくそんな気がして遠慮がちに訊いたら、ぜんぜんタイプじゃない、といった。

「っていうか、いまは彼氏ほしくない」

「どうして」

「束縛されると、めんどいから。創介は彼女いるの」

「いたけど、ふられた」

「なんで」

「まじめだけど地味だから、いっしょにいても楽しくないって」

「まじめで地味なら、半グレの店で働かないと思うけど」

蜂矢と知りあったきっかけは口にできず、適当にごまかした。

創介は休憩を終えて厨房《ちゅうぼう》に入った。厨房はフロア側にドアがあり、カウンターのなかとは暖簾《のれん》で仕切られている。暖簾にはフォークとナイフのイラストとDELICIOUS KITCHENの文字がある。ありえないセンスだ。

店がせまいわりに厨房は広く、二口のガスコンロ、シンク、電子レンジ、オーブントースター、炊飯器があり、包丁やまな板やフライパンなど調理器具もそろっている。冷蔵庫は業務用のテーブル型で高さが低く、作業台を兼ねている。厨房の奥には裏口のドアがあるが、長いあいだ使っていない様子で、ドアの前に段ボール箱が積んである。

創介はシンクに残っていたグラスを洗い布巾で拭くと、冷蔵庫の中身をチェックした。枝豆、フライドポテト、ピザ、エビシューマイ、ナポリタン、高菜《たかな》ピラフ、チキンナゲットといった冷凍食品、あとは玉子、粗挽《あらび》きウインナー、スライスチーズ、蜂矢がパックごはんにかけて食べていたカツオの塩辛くらいだ。冷蔵庫にあるものは、まかないがわりに食べていいと蜂矢にいわれている。

七時前になって有線放送の電源を入れた。BGMは蜂矢の指示でジャズをかけるが、店内の雰囲気は懐《なつ》メロが似あいそうだ。

壁にびっしり貼られた写真には、客たちとともに厚化粧の肥った女性が笑顔で写っている。蜂矢によると以前の経営者らしいが、こんな色褪せた写真をなぜ剝がさないのか疑問だった。

酒屋が酒の配達にきたのに続き、凜花が出勤してきた。

きょうも地雷系メイクで、フリルのついたミニ丈の黒いワンピースを着ている。ショルダーバッグも黒くてハート形だ。凜花は椅子にかけると、カウンターに突っ伏して、あー疲れた、といった。

「足が痛い」

「なんで疲れたの」

「バイト忙しかったから」

「昼間もバイトしてるんだ」

「うん。カフェのホールスタッフ」

「昼も立ち仕事じゃん。そりゃ疲れるよ」

「でも稼がなきゃいけないもん。ね、おなか減った」

「いまのうちに、なんか食べれば」

「ここのメニューは冷凍ばっかだから、もう飽きた。自分で作ろうかと思うけど、あたし料理苦手だし」

「おれも得意じゃないよ」

「マスターもめっちゃ下手。前にチャーハン作ってくれたけど、ベチャベチャのネトネトで頭バグった」

思わず笑ったら凜花も噴《ふ》きだした。笑うと地雷系メイクの怪しさが薄れて、あどけない印象になった。

創介は電飾看板を抱えて外にだすと、WELCOMEと書かれた足拭きマットをドアの前に敷いた。続いて電飾看板の電源を入れた。紫をバックにニュー来夢の文字が黄色に光る。どう見てもダサすぎるが、店はひまなほうが楽だから問題はない。
九時になっても店はひまだった。路面店とはいえ歌舞伎町でも人通りがすくな
い場所で古びた店構えだから、一見《いちげん》の客はきそうもない。
十時をまわったころ、キャッチにいった凜花が三十代前半くらいの男をふたり
連れてきた。ふたりともスーツにネクタイで、だいぶ酔っている。会話からする
と会社の呑み会の帰りらしい。男たちはハイボールを注文すると、しばらく上司
の愚痴をいっていたが、不意にひとりが店内を見まわして、
「あれ？ ここってガールズバーじゃないの」
カウンターに立っていた凜花が、ごめーん、といった。
「女の子はあたしだけ」
「カラオケは？」
「ないよ」
「こんな店で、酎ハイ一杯七百円は高くね？」

「すみません――」

創介は頭をさげた。もうひとりの男が、だいたいさあ、といって、

「店名がやばいよな。ニュー来夢って昭和のスナックじゃん」

「いえてる。うちの田舎《いなか》でも、こんな店ないわ」

ふたりはさんざん文句をいうと、二十分も経たないうちに金を払って帰った。

創介は溜息をついて、なんか気の毒だったな、とつぶやいた。

「なにが？」

「さっきのひとたち、楽しませられなくて。おれ口下手だから」

「気にしなくていいよ、あんな酔っぱらい。うちなんか明朗会計《めいろうかいけい》なのに」

そのあと凜花はまたキャッチにいって、東北から観光にきたという初老の男を四人連れてきた。男たちは歌舞伎町で呑むだけで満足なのか、やけに上機嫌で、創介と凜花も瓶ビールをおごってもらった。

おかげで売上げはあがったが、四人はウイスキーのロックをがぶ呑みしたから、氷が足りなくなった。彼らが帰ったあと氷を買いにコンビニへいこうとしたら、ついでに頼んでいい？　と凜花がいった。いいよ、と答えると彼女は財布から五千円札をだして、

「ドンキでドンペンTシャツ買ってきて」

「ドンペンTシャツ？」

「知らないの。めっちゃ有名なのに」

ドンペンとはディスカウントストア「ドン・キホーテ」のキャラクターのペンギンで、それをモチーフにしたグッズが高校生を中心に人気だという。

「妹がほしがってたから、こんど持ってってやるの」

創介は五千円札を受けとって店をでた。もう十一時とあって人通りはいくぶん減った。シネシティ広場では、トー横キッズたちが膝を抱《かか》えてしゃべっている。

歌舞伎町セントラルロードの入口にあるドン・キホーテでドンペンTシャツを買い、すぐそばのコンビニで氷を買った。

歌舞伎町一番街にもどってシネシティ広場の前をすぎたところで、黒いスーツを着た小柄な男が路上に倒れているのに気づいた。酔っぱらいかと思って顔を覗きこんだら、額《ひたい》から血が流れ、茶髪のマッシュヘアが額に張りついている。無視しようかと思ったが、近くには誰もいない。

男は腫れあがった口をぱくぱくさせて、

「——助けて」

かすれた声でいった。創介はそばにかがみこんで、

「救急車呼ぼうか」

「け、警察を――」

歌舞伎町交番はすぐそこだが、一一〇番のほうがよさそうだ。レジ袋を地面に置いてスマホを手にしたとき、背後で男の声がした。

「こんなところにいやがった」

振りかえると男がふたり、ばたばたと走ってきた。

ふたりとも扁平《へんぺい》な顔で、オーバーサイズの黒いパーカーに太いバギーパンツを腰穿《こしば》きしている。ひとりはでっぷり肥って、もうひとりはスキンヘッドだ。凶暴そうな雰囲気に腰を浮かしたら、てめえ誰だッ、とデブ男が怒鳴《どな》った。

「どこに電話しようとしてた」

「い、いや、あの――」

創介はへどもどしながらスマホをしまった。デブ男は地面に唾《つば》を吐いて、

「てめえ黒服じゃねえか。こいつの仲間だろ」

「ち、ちがいます」

「このガキも生《い》け捕《ど》ろうぜ」

スキンヘッドの男が近づいてくると、創介の腹をめがけて無造作に拳《こぶし》を打ちこんだ。胃が破裂したような激痛が走り、息ができない。

前かがみになって苦悶《くもん》していると襟首《えりくび》をつかまれた。そのままひきずっていかれそうになったとき、おいおい、と男の声がした。

そっちを見たら、黒いスーツの男がふたり立っていた。ひとりは三十代なかばくらいで細い口髭《ひげ》を生やしている。もうひとりは頬に深い傷跡があり、四十代前半に見える。口髭の男は薄笑いを浮かべて、

「なにを揉めてるんだ」

はあ？　デブ男が首をかしげて、

「よけいな口だすな。関係ねえだろうが」

「関係あるね。おたくらは半グレだろ」

「それがどうした」

デブ男は倒れている男をハイカットブーツの爪先《つまさき》で蹴りつけ、

「こいつは売上げ最下位のクズホストのくせに、おれたちがケツ持ってるホスクラの太客にちょっかいだしやがった。だから生け捕ってヤキ入れるのよ」

「堅気相手に暴力はいけねえな」

「うるせえ。黙ってろッ」

髭男は頰に傷がある男を振りかえって、

「どうします、兄貴」

やれ。傷男は低い声でいった。端整な顔だちだが、切れ長の目は射《い》すくめるような眼光を放っている。髭男が足を踏みだすと、デブ男は狼狽《ろうばい》した表情で片手をあげた。

「待て。あんたらは本職《ヤクザ》か」

「見りゃわかるだろうが」

「このへんじゃ見ねえ顔だな。どこの組だよ」

「半グレに名乗る代紋はねえ。もし代紋だしたら命のやりとりになるぞ」

デブ男は舌打ちして、きょうは見逃してやる、といった。

「けど、次はただじゃすまねえぞ」

スキンヘッドは創介から手を放し、デブ男と踵《きびす》をかえした。創介はまだ痛む腹を手でさすり、安堵の息を吐いた。クズホストと呼ばれた男はよろよろ立ちあがると、髭男と傷男と創介に頭をさげて、すみません、といった。

「おかげで助かりました」

「大丈夫か。救急車呼んでやろうか」

髭男が訊いた。男はかぶりを振って、

「大丈夫です。もう店にもどらないと――」

ふらつきながら去っていった。

創介は地面に置いたレジ袋を手にとって、髭男と傷男に一礼した。ふたりがいなかったら、さっきの男たちに連れ去られていただろう。とはいえヤクザなんかに関わりたくない。

「ありがとうございました。それじゃあ――」

そういって歩きだそうとしたら、ちょいと待ちな、と髭男がいった。

「お兄ちゃんもホストかい」

「いえ、ちがいます」

「じゃあ、どこで働いてる」

「この近くのバーですけど――」

髭男はちらりと傷男に目をやった。傷男は軽くうなずいて、

「ちょうど一杯やろうと思ってたところだ。そこへいこう」

半グレの蜂矢が経営する店にヤクザがくるとは危険すぎる。しかし助けてもら

った恩もあるから断れなかった。

髭男と傷男を連れてニュー来夢にもどると、凜花が顔をこわばらせた。ふたりはカウンターの奥の席に腰をおろした。ほかに客がいないのはよかったけれど、これからどうなるのか。

創介はどきどきしながらカウンターのなかに入り、ふたつのレジ袋を厨房に置いた。凜花が駆けこんできて、あのひとたちヤクザ？　と小声で訊いた。創介は彼女にドンペンTシャツと釣り銭をわたし、うん、と答えた。

「なにがあったの。まさか知りあいじゃないよね」

手短に事情を話したら、おーい、と髭男の声がした。

「とりあえずビール二本」

創介は急いでビール二本とビアグラスをふたつ、カウンターに持っていった。

髭男はビアグラスを見るなり眉をひそめて、

「なんでグラスを冷やしてねえんだ」

「すみません。まだ慣れてないもので――」

ビアグラスをいまから冷蔵庫に入れても遅い。凜花が口を尖らせて、

「創介は、この店に入ってまだ一週間なの」

「店に入った初日だろうと客には関係ねえよ。経営者はどんな指導をしてる？」

「たまにしかいないよ。ほかの仕事が忙しいみたい」

「だったら従業員がしっかりやるしかねえだろ」

「うん。でも、あたしなりにがんばってるよ」

凜花は年上のしかもヤクザ相手にタメロだから、はらはらする。髭男はビアグラスを手にすると照明にかざして、

「磨きかたもなってねえな。グラスはなんで拭いてる？」

「ふつうの布巾ですけど――」

「それじゃだめだ。ね、兄貴」

傷男はタバコをくわえるとジッポーで火をつけた。創介は灰皿をカウンターに置いた。傷男は煙を吐きだして、

「ふつうの布巾は吸水性が悪いから水垢《みずあか》が残るし、グラスに繊維《せんい》がつく。バーテンダーはマイクロファイバーのタオルを使う」

「マイクロファイバー？」

「極細の合成繊維だ。しかし、いまはこのままでいい」

注《つ》げ。傷男はビアグラスを顎で示した。創介はビールの栓を抜き、緊張しつつ両手で瓶をかたむけた。とたんに、待て、と傷男がいった。

「ラベルが下だ。ビールでもワインでも、注ぐときはラベルを上にむけろ」

「ど、どうしてですか」

「銘柄を客に見せるのと、瓶の口からたれた酒でラベルを汚さないためだ」

「なるほど」

「その調子だとビールの注ぎかたもわかってないな」

カラオケボックスのバイトでビールサーバーは使っていたが、激安の店だったからメニューに「生」と書いてあるだけで、実際は発泡酒だった。しかもジョッキかピッチャーに注いでいたから瓶ビールの注ぎかたはわからない。創介がそれをいうと、傷男はタバコを灰皿で消して、

「ビールを追加で一本、ビアグラスをあとふたつ。それと大きめのグラスに氷をたくさん入れたミネラルウォーターをくれ」

なにをするのかと思いつつ、いわれたとおりにした。傷男は氷とミネラルウォーターの入ったグラスを手にして、中身をふたつのビアグラスに注いだ。すこしして中身を、もとの大きなグラスにもどした。空になったふたつのビアグラスに

霜《しも》がおりている。冷蔵庫に入れなくても、こうすれば冷やせるとわかった。

傷男はビアグラスを創介と凜花の前に置き、ビール瓶を手にした。はじめはビールを細く、しだいに勢いよく注ぐと、ビアグラスの六分目ほど泡がたった。傷男は手を止めて泡がおさまるのを待ち、ふたたびビールを細く注いだ。ビアグラスのふちに泡がこんもり盛りあがったところで傷男は瓶をすこしまわし、

「呑んでみろ」

いただきます。創介と凜花は頭をさげてビアグラスを口に運んだ。なめらかでクリーミーな泡の感触と、よく冷えたビールの爽快な喉越しがたまらず一気に呑み干した。凜花もビアグラスを空にして、なにこれ、といった。

「めちゃくちゃ美味《おい》しい。いままで呑んだビールとぜんぜんちがう」

「だよね。注ぎかただけで、こんなに変わるんだ」

傷男は自分と髭男のビアグラスに、さっきとおなじようにしてビールを注ぎ、これは二度注ぎだ、といった。

「ビールの注ぎかたには一度注ぎや三度注ぎなど、何種類もある。それぞれ特徴はあるが、酒の注ぎかたの基本はソビバビソビだ」

「ソビバビソビ？」

「ネズミの尾と書いて鼠尾《そび》。馬の尾と書いて馬尾《ばび》と読む。はじめはネズミの尾のように細く、続いて馬の尾のように太く、最後はネズミの尾のように細く注ぐ」

「そっか。さっきの注ぎかたですね」

傷男はビアグラスをあおって、

「ビールと泡の比率は七対三。注ぎ終わりにビール瓶をすこしまわして、しずくを切る」

いわれてみれば傷男はたしかにそうしていた。

こだわりがなければ適当に注いでもいい、と傷男はいって、

「しかし、おまえはここをバーだといった。バーを名乗るからには、ビールの注ぎかたを知っておくべきだ」

兄貴はなあ、と髭男がいって、

「酒や食いものに、すげえこだわる。おれたちの業界じゃ有名なんだ」

「おれたちの業界――」

「兄貴は柳刃《やなぎば》組組長、柳刃竜一《りゅういち》。おれは舎弟の火野丈治《ひのじょうじ》。しっかりおぼえとけ」

こちらが訊いてもいないのに髭男は名乗りをあげた。組長と舎弟なんて映画やマンガの世界でしか知らない。火野という男は、ところで、といって、

「酒のアテはなにがある？」

創介はメニューをわたした。ふだんどおり料理をだしたら、またなにかいわれそうだから不安になって、

「すみません。うちは冷凍ばかりで――」

「じゃあチンするだけか」

「ええ、そうです」

「冷凍食品でも、ひと手間かければ何倍も旨《うま》くなる」

と傷男――柳刃がいった。凜花は冷凍食品は食べ飽きたといっていたせいか、カウンターに身を乗りだして、

「ひと手間って、どんなふうに？」

「このメニューから適当に選べ。何品でもいい」

創介は凜花と顔を見あわせた。心配すんな、と火野がいって、

「金はちゃんと払うし、おまえさんたちが味見するんだ」

メニューをこっちにさしだした。凜花がそれを覗きこんで、

「フライドポテトとチキンナゲット」

「じゃあナポリタンで」

と創介はいった。柳刃は立ちあがって上着を脱いだ。まさかと思ったら、柳刃は厨房のドアを開けた。こんなときに蜂矢がもどってきたら大変だ。創介はあわてて、ま、待ってください、といった。

「もしかして、あなたが作るんですか」

「そうだ。おまえは手伝え」

柳刃のすさまじい目力《めぢから》に逆らえず、いっしょに厨房に入った。柳刃は冷蔵庫のなかを見てからフライドポテト、チキンナゲット、ナポリタンの順にレンジで加熱するようにいうと、オリーブオイルをひいたフライパンをガスコンロにかけた。

火加減は弱火だ。続いてカツオの塩辛を少量フライパンに入れて、菜箸で炒めた。

なんともいえない香ばしい匂いが漂ってきたところで、電子レンジがチンと鳴った。創介はフライドポテトをとりだしてチキンナゲットを電子レンジに入れ、タイマーをセットした。

柳刃はフライドポテトをフライパンに入れると、カツオの塩辛とからめながら炒めて火を止めた。チキンナゲットを温め終わると、

「オーブントースターにアルミホイルを敷いて、それを入れろ。時間は五分だ」

さらに柳刃はマスタードとマヨネーズと砂糖を小鉢でまぜるようにいった。

「マスタード一に対してマヨネーズの量は半分、砂糖は三分の一だ」

チキンナゲットは、ふだんケチャップを添えて客にだす。マスタードは粗挽きウインナー用だが、なんに使うのか。創介は材料を入れた小鉢を、スプーンでかきまぜた。

凜花はこっちが気になるらしく、ちょこちょこ厨房を覗きにくる。柳刃は粗挽きウインナーを斜《なな》めに薄く刻むと、べつのフライパンを点火したガスコンロに置き、オリーブオイルをひいた。そこに粗挽きウインナーとケチャップ、少量のウスターソースを入れて炒め、電子レンジで温めたナポリタンを加えた。

プロの料理人を思わせる鮮やかな手つきに目を奪われていると、チキンナゲットができあがった。柳刃はすかさず、

「チキンナゲットを皿に載せて、さっき作ったマスタードソースを添えろ」

はい、と答えたものの、頭のなかは混乱していた。はじめてきたバーの厨房で料理を作るヤクザなんて聞いたことがない。

柳刃はフライドポテトを入れたフライパンをふたたび加熱しながら、皿に盛ったナポリタンに粉チーズをたっぷり振った。そのあとフライドポテトを皿に移し、ミルに入ったブラックペッパーをかけると、

「できたぞ。持っていけ」

創介は三つの料理と取りわけ用の皿、フォークをカウンターに運んだ。

柳刃はまだ厨房にいてなにか作っているが、さあ熱いうちに食え、と火野がいった。まずフライドポテトをつまんだら、揚げたてのようにホクホクした食感で深みのある味わいに目をみはった。

次にチキンナゲットをマスタードソースにつけて食べた。外側はサクサクした歯応えだが、中身はしっとりジューシーだ。マスタードソースは辛さのなかにほのかな甘みがあって、チキンナゲットの旨さがひきたつ。

凜花が目を丸くして、やばい、といった。

「フライドポテトもこれも、すっごくビールが呑みたくなる」

だろ。火野は笑みを浮かべて、こっちを見た。

「さっき兄貴がやったように注いでみろ」

創介は氷水でビアグラスを冷やし、残りのビールを注ぎわけた。柳刃ほど上手にできなかったが、いつもよりはるかに美味しく注げた。

「ビアグラスは、ふだん冷蔵庫で冷やせばいいんですか」

創介が訊いた。いいんだが、と火野はいって、

「冷蔵庫のなかの匂いが移るから、ビールを注ぐ前に冷水ですすいだほうがいい、と兄貴はいってた。それとグラスの内側には見えない凹凸があって、冷水ですすぐとそれがなめらかになるから、注ぎやすくなるらしいぜ」

ビールの注ぎかたひとつに、そんな蘊蓄《うんちく》があるとは思わなかった。

旨いビールのおかげで、どんどん食欲が湧《わ》いてくる。ナポリタンを食べようとしたら、柳刃がフライパンを持ってきた。フライパンには目玉焼がふたつある。

柳刃は目玉焼を創介と凜花の皿に載せて、

「ナポリタンといっしょに食べろ」

「でも、おれたちだけ食べるのは――」

いいから食え。火野に急かされてフォークを皿に伸ばした。

ナポリタンの麺はもちもちしたところとカリッと焼けたところがあって食感のちがいが楽しい。麺を炒めてケチャップとウスターソースを足しただけなのに、濃厚な旨みがある。

粗挽きウインナーは味のアクセントにぴったりで、たっぷりの粉チーズがコクを増す。目玉焼はふちがキツネ色に焼けて香ばしく、黄身はとろとろの半熟で麺にからめて食べると、クリーミーな甘みがある。

創介と凜花はたちまち料理をたいらげた。ヤクザふたりをさしおいて従業員ばかり呑み食いするとはシュールな状況だ。柳刃はカウンターにもどってタバコを吹かし、火野はビールをちびちび呑んでいる。創介は頭をさげて、

「ごちそうさまでした。ほんとに美味しかったです」

「マジ激ウマだから、びっくりした」

凜花がそういってこっちをむくと、

「きょう食べたのメニューに入れたら、ぜったい人気でるよ」

「うん。でもコツがわかんない」

「コツって？」

「フライドポテト作るとき、カツオの塩辛を炒めるんだけど、あんなのはじめて見たから――」

カツオの塩辛は酒盗《しゅとう》ともいう、と柳刃がいった。

「酒盗はカツオや魚の内臓の塩辛だが、アンチョビを使ってもいい」

「アンチョビって――」

「カタクチイワシの塩漬けだ。酒盗もアンチョビも焦がさないよう油で炒めれば、臭みが抜けて味に深みがでる。チャーハンに入れたら旨みが増すし、キャベツと

ニンニクといっしょに炒めても旨い」

「冷凍のフライドポテトって、しんなりした感じが多いですけど、あんなにホクホクだったのはオリーブオイルで炒めたからですか」

「オリーブオイルで炒めることで、揚げたのに近い状態になったからだ。きょうはブラックペッパーをかけただけだが、青海苔をかけると香ばしくなる」

「それわかるー。のり塩ポテチも美味しいもんね」

と凜花がいった。次にチキンナゲットとマスタードソースについて訊くと、

「冷凍食品の焼きものや揚げものはレンジで内部を温めてから、オーブントースターで外をこんがり焼くと旨くなる。マスタードソースは蜂蜜《はちみつ》がなかったから砂糖を使ったが、蜂蜜ならファストフードの味に近くなる」

「そういえばマックのマスタードソースに似てました」

似てる似てる、と凜花がいって、

「ナポリタンってファミレスのしか食べたことないけど、それよりずっと美味しかった。ナポリタンのコツは？」

「まずケチャップを炒めることだ。ケチャップは煮詰まると、酸味が抜けて旨みが凝縮される。冷凍のナポリタンはもともと味がついているが、ケチャップを

少々足してもくどくはならない」

麺の食感がちがうのは、と創介が訊いた。

「仕上げに強火で焼いたからだ」

「あ、それは気がつきませんでした」

「麺をかきまぜないで三十秒ほどおいて、フライパンに接したところを軽く焦がせば食感にむらができる。最後にバターをすこし加えてコクをだした」

「目玉焼はふちがカリカリでしたけど、あんなふうに作るには――」

「まずオリーブオイルを多めにひいたフライパンに玉子を入れ、弱火で加熱する。白身に熱が均等に通るよう、盛りあがっているところを菜箸でほぐす」

「白身をほぐす?」

「要するに白身が平らになればいい。そのあとフライパンを手前にかたむけてスプーンで油をすくって黄身にかけ、硬さを調節する。焼くというより揚げるのに近いイメージで、白身のふちがカリカリになったら完成だ」

ちょっと訊いていい?　と凜花がいった。

「柳刃さんは、さっき料理する前に何品でもいいっていったでしょ。メニューぜんぶ作ってっていったら、どうしてた?」

柳刃はタバコをくゆらせながら、

「どうもしない。全品作った」

「マジで？」

「ああ。それなりに時間はかかるがな」

「どんなふうに作るの」

柳刃はすこしのあいだ宙に目をむけてから、口を開いた。

「冷凍の枝豆は、軽く焼き目がつくまでフライパンで炒《い》って焼枝豆にすると甘みが増す。仕上げに塩をふり、ゴマ油をすこしからめる。冷凍ピザはレンジだけで作ると蒸らしたようでまずいから、レンジで軽く解凍したあと事前に加熱したオーブントースターで焼く」

「事前に加熱？」

「オーブントースターが冷たい状態でピザを入れると、焼けるまでに時間がかかって水分が飛んでしまう。短時間で焼きあげるためには、前もってオーブントースターを加熱しておく。ピザは焼きむらがでないよう、途中で半回転させるのがコツだ。仕上げにエキストラバージンオリーブオイルをかけると、旨みとコクがでる。酒のつまみにするなら粗挽きのブラックペッパーをふる。エビシューマイはマヨネーズをかけてレンジで加熱してエビマヨ風にするか、カラシ酢で食べる」

「カラシ酢って？」

「練りカラシを純米酢に溶《と》くだけだが、カラシの辛みで酒が進む。高菜ピラフはレンジで加熱したあと、ちぎったスライスチーズを載せる。次にスライスチーズが溶けるまでもう一度加熱し、まんなかに半熟玉子を落とす。いまいった冷凍食品でもっと旨いものも作れるが、この店にある食材だとこんなところだ」

凜花は赤いアイメイクの目をぱちぱちして、すご、とつぶやいた。創介は大きく息を吐いて、料理って奥が深いんですね、といった。

「勉強になりました」

「勉強とは、自分がいかに無知かを知ることだ」

柳刃はそういうと、左手のひと差し指と中指にはさんだタバコを灰皿で消した。そのとき、小指の第一関節から先が欠けているのに気づいて、ぞっとした。

「じゃあ帰るぞ」

柳刃は席を立ち、火野も同時に立ちあがった。

創介は伝票を見て急いで計算し、金額を口にした。高いといわれそうで緊張していたら、火野は分厚いワニ革の財布から一万円札を三枚だしてカウンターに置いた。請求した金額より二万円以上も多い。

「釣りはいらねえ。残りはチップだ」

「でも、こんなにいただくわけには――」

「気がとがめるならマイクロファイバーのタオルを買っておけ。たとえば『BIRDY《バーディ》.Supply《サプライ》』ってやつがお勧めだ。それと店の掃除をもっとしっかりやれ」

「は、はい――」

「兄貴とおれはいま、でかいヤマを踏んでる。このへんはおれたちのシマじゃねえが、しばらく歌舞伎町から動けねえ。ひと目につかねえよう、ここでちょくちょく晩酌《ばんしゃく》するから、よろしく頼むぜ」

柳刃と火野は店をでていった。

ほとんど入れちがいに蜂矢が帰ってきた。著名人のアテンドでもしてきたのか、長髪をうしろで束ね、濃紺のスーツを着ている。さっそく柳刃たちのことを話したら、蜂矢は眉間に皺を寄せて、

「なんでヤクザなんか連れてきた」

「すみません。おれを助けてくれたし、怖いから断れなくて――」

「柳刃組なんて聞いたことねえな。どこかの枝の組だろうが、なにをたくらんでやがるんだ」

「わかりませんけど、でかいヤマを踏んでるとか、しばらく歌舞伎町から動けないとかいってました」

「やべえな、そりゃ。ビールの注ぎかたただの料理の作りかたただの、ごちゃごちゃいうってことは、また難癖《なんくせ》つけてくるかもしれねえ」

「ここでちょくちょく晩酌するっていってました」

「ふざけやがって。この店にヤクザは出入りさせねえ」

「顔は怖いけど、そんなに悪いひとたちじゃなさそうだったよ」

と凜花がいった。蜂矢は鼻を鳴らして、

「悪くねえヤクザがいるもんか。こんどそいつらがきたら、すぐ連絡しろ」

創介はうなずいて、チップはどうしましょう、と訊いた。

「おまえと凜花でわけろ。でも調子に乗るなよ。はじめは甘い顔して手なずけて、あとから金を絞りとるのがヤクザの手口なんだ」

② 冬が旬。寒ブリと小松菜と柚子の極上メニュー

閉店後、アパートに帰る途中でコンビニに寄った。ミネラルウォーターやスナック菓子をカゴに入れていたら、丸顔で小柄な男が近寄ってきて、

「さっきはどうも——」

ぺこりと頭をさげた。

男は年下に見えるが、誰なのかわからない。目をしばたたいていると男は茶色のマッシュヘアをかきあげて、額に貼った絆創膏《ばんそうこう》を指さした。

「ぼくがボコられてたとき、助けてもらって——」

ああ、と思わず声をあげた。よく見たら、シネシティ広場のそばで半グレたちに追われていた男だった。創介は苦笑して、

「おれが助けたわけじゃないよ」

「でも声かけてくれたから——みんなガン無視してたのに」

男は半グレたちにクズホストと呼ばれていた。創介はそれを思いだして、

「いま店の帰り？」

「ホスクラはクビ。ぼく指名とれないし、あんなトラブルがあったから」

男はアザが残る口元に、さびしげな笑みを浮かべた。さっき見たときは黒いスーツだったが、いまはくたびれたPコートにチノパンだ。そろそろ切りあげようと思いながらも、ひどく落ちこんでいる様子なのが気になったから、コンビニの前で立ち話をした。

男は年下かと思ったら同い年で、本間《ほんま》鱈夫《たらお》と名乗った。鱈夫は高校をでてから実家がある愛知県の自動車工場で働いていたが、今年の六月に上京したという。

「自動車工場から、いきなりホスト？」

「ううん。はじめは二十四時間営業の居酒屋。そこに仕事帰りのホストたちがきて、うちで働けって誘われたから」

鱈夫はホストクラブでも、一気呑みをやらされたり罰ゲームをさせられたり、さんざんいじめに遭った。半グレたちにからまれたのも、先輩ホストにけしかけられて、他店の客に声をかけさせられたせいだといった。

創介は似たような境遇に共感を覚えた。なんの仕事か訊かれてバーだと答えると、鱈夫はいくぶん元気をとりもどした表情になって、

「こんど呑みにいってもいい？」

半グレが経営者の店だけにどうかと思ったが、話し相手がほしい気もして場所と店名を教えた。

きょうは日曜だからニュー来夢は休みだった。

創介は午後から量販店にいってBIRDY. Supplyのグラスタオルとキッチンタオルを買った。火野にもらったチップがあるから、夕食は旨いものが食べたい。外食しようかと思ったが、ゆうべ柳刃に聞いたレシピが気になって冷凍の枝豆、冷凍のピザ、エキストラバージンオリーブオイル、ミル付きのブラックペッパー、瓶ビールを買って帰った。枝豆とピザ以外、買うのははじめてだ。

アパートの部屋はどこも散らかっているが、キッチンくらい片づけないと料理

をする気になれない。溜まったゴミを捨てたり、流し台やガスコンロを掃除したりして夜になった。

創介はフライパンで炒った枝豆に塩をふり、ゴマ油をからめた。冷凍のピザはマルゲリータで、柳刃がいったように事前に加熱したオーブントースターで焼いてから、エキストラバージンオリーブオイルとブラックペッパーをかけた。

「ささて」

創介はひとりごちるとローテーブルの前であぐらをかき、冷蔵庫で冷やしておいたグラスを水ですすいだあと、瓶ビールをソビバビソビの要領で注いだ。

泡が盛りあがったグラスをあおると、旨さに喉が鳴った。すこし焼き目のついた枝豆は甘くて香ばしく、ゴマ油で旨みが増している。熱々のマルゲリータは口に運んだ瞬間、うまッ、と思わず声がでた。

エキストラバージンオリーブオイルのフレッシュな香りとコク、ブラックペッパーのスパイシーな辛さがマルゲリータをいっそう旨くする。冷凍ピザはいままで電子レンジで作っていたが、これはまったく別物だ。ビールが進んでほろ酔いになったころ、テレビから女性レポーターの甲高い声がした。

「超イケメンとゴールイン！　おめでとうございます」

画面に目をやると、創介が好みだった女性アイドルと美形の男性モデルのカップルが婚約発表というテロップが流れ、ふたりが超一流レストランで食事するシーンが映っている。半グレの店で無理やり働かされ、ヤクザから教わったレシピに舌鼓《したつづみ》を打っている自分がみじめになった。

創介はテレビのリモコンを手にすると、チャンネルを変えて溜息をついた。

無職のときはひまを持てあましていたのに、ニュー来夢に勤めだしてから時間が経つのが早い。休みが日曜だけではなにもできない。せめて週休二日はほしいが、それ以前にいまの状況から抜けだしたい。

創介は開店の準備が一段落すると、BIRDY. Supplyのグラスタオルとキッチンタオルでグラスや食器を拭いてみた。ふつうの布巾とちがって繊維は残らず、拭き残しもない。手触りがいいうえに吸水力が抜群で、グラスや食器がピカピカになったのに驚いた。

それがおもしろくて、ほかのグラスもぜんぶ拭きなおした。が、こんな古ぼけた店でグラスや食器を磨きあげても意味がない。そんな冷めた気持もある。

その日は珍しくリピーターの客が何人もきて忙しかった。凜花は客に呑まされて早い時間から酔っていたが、店がひまになるとキャッチにいった。彼女は昼間もカフェでバイトをしているから、無理をさせたくない。といって自分がキャッチにいっても客を連れてくる自信がない。

しばらくして凛花はひとりでもどってくると、ボックス席にどすんと座り、

「ぜんぜんだめ。ガールズバーのキャッチに客とられた」

「ガールズバーって、ぼったくりの店もあるんじゃない？」

「あるよ。でも警察の取締りがきびしいから、最近はマッチングアプリのボッタが多いかな」

「それって、どういうの」

「マッチングアプリで女の子と知りあうっしょ。そしたら、その子がアルタ前とかで待ちあわせしよっていう。男が待ちあわせ場所にきたら、自分が知ってる店へいこうって誘うの。そこがボッタの店。もちろん女の子は店と話ができてて、客を連れてくるたび手数料もらうの」

「怖《こ》っわ。おれなんか即ひっかかるよ。前にマッチングアプリやろうかなと思ったけど、やらなくてよかった」

「マッチングアプリは身元確認してるとこじゃなきゃ、あぶないよ」

凜花はそういいながら、いつも肩からさげているハート形のショルダーバッグを探って、あれ？　と首をかしげた。

「スマホがない。キャッチにでたとき酔ってたから、どっかで落としたかも」

遠くまで歩いたので、場所の見当がつかないらしい。凜花はカウンターのなかに入ると、ボトルをならべた棚の引出しをひっかきまわし、名刺大の紙をとりだした。その紙にスマホのIDとパスワードをメモしているという。

「なんで、そんなところにしまってるの？」

「前に酔っぱらってバッグごとスマホを落としたの。ここにメモしまっとけば、またそんなことがあっても、どこで落としたか捜せるから」

ね、スマホ貸して、と凜花はいった。

創介がスマホをわたすと、彼女は自分のスマホにログインして位置情報を確認した。画面に表示された地図を見たら、凜花のスマホは東新宿に近い路地にあった。凜花は立ちあがって、

「早くいかなきゃ誰かに拾われる。あたし近眼だから、いっしょにきて」

「でも店は――」

「どうせ誰もこないよ。すぐもどるからドアに鍵かけとけばいいじゃん」

創介は凜花と店をでて走った。

地図を見ながら捜したら、彼女のスマホはすぐに見つかった。それはよかったけれど、路地のむこうから黒いスーツの男たちがこっちへ歩いてきた。

その先頭に、光沢《こうたく》のあるグレーのスーツを着た四十がらみの男がいる。背は低いが短髪で肩幅が広く、額から眉間にかけて深い傷跡がある。柳刃にも劣らない鋭い眼光にたじろいでいると、

「あ、おじさん」

凜花はそういって男に駆け寄った。

誰にものいってんだ、こらッ。まわりの男たちが怒声をあげたが、四十がらみの男はそれを制して、ひさしぶりやの、といった。

「最近広場で見かけんが、なにしとる？」

声帯を押し潰したように、しわがれた声だった。

「バーで働いてる」

「そのうち呑みにいっちゃる。なんちゅう店じゃ」

「それは秘密。おじさんたちがきたら怖いもん」

「ニュー来夢ちゅう店やろが」

「え？　なんで知ってるの」

「この街のことは、なんでん知っとう」

男は肉の厚い頬をゆるめて去っていった。

凜花によれば、男は関東一円に勢力を持つ一筋会《ひとすじ》傘下の大膳組《だいぜん》組長、大膳光士《こうし》郎《ろう》だという。なぜそんな人物と知りあいなのか訊いたら、

「広場にいたとき、迷子の仔猫《こねこ》がいたから助けてあげたの。それがおじさんの飼ってた猫ちゃんだったから――」

大膳は感謝して、なんでも好きなものを買ってやるといったが、丁重に断ったという。どうして、と創介は訊いた。

「タワマン買って、とかいえばよかったのに」

「そんなこといえないよ。猫ちゃん助けたっていっても、ただ餌《えさ》あげて抱っこしてただけだもん」

「ヤクザとか半グレとか、やっぱ歌舞伎町は怖いね」

「そうでもないよ。たしかにヤクザや半グレは多いけど、縄張りやルールがあるから、下手に首を突っこまない限り大丈夫」

下手に首を突っこまされた自分はどうなるのか。そう思いつつニュー来夢にも

どると、店の前に小柄な男が立っていた。

「いまきたんだけど、ドアが閉まってて」

本間鱈夫は微笑した。


その夜から鱈夫は常連客になった。鱈夫はホストクラブをクビになったあと、歌舞伎町の中華料理店で皿洗いのバイトをしている。夜の十二時にバイトが終わると決まって顔をだし、麦焼酎の水割りを一杯だけ大事そうに呑む。ニュー来夢の閉店は一時だから小一時間しかいられないが、鱈夫は満足そうで、いつも気弱な笑みを浮かべている。鱈夫は小柄なうえに丸顔でマッシュヘアとあって、子どもっぽく見える。凜花がさっそくタラちゃんとあだ名をつけたせいで、蜂矢と創介もそう呼ぶようになった。

蜂矢は鱈夫の過去を聞いて首をひねり、

「こういっちゃ悪いけど、タラちゃんにホストは無理だろ」

「ぼくもそう思います。でも、なんの仕事をしたらいいのかわかんなくて――」

「なんの仕事だって稼ぐしかねえだろ。皿洗いで生活できるのか」

「いえ、家賃や光熱費なんかを払うのが精いっぱいです」

鱈夫が住んでいるのは下落合《しもおちあい》で、アパートの部屋は風呂なし四畳半だという。ホストクラブには寮があったが、せまいワンルームマンションで何人ものホストが暮らすから、プライベートな空間がない。

「先輩たちのパシリになるのがわかってるから、無理でした」

「それを我慢しなきゃ、ホストじゃ上にいけねえぞ。おれも寮にいたころは、ひでえ生活だった」

「あれ？　マスターってホストやってたの」

凛花が訊いた。蜂矢は顔をしかめて、

「大昔のことさ。あんま思いだしたくねえ」

よほど厭なことがあったのか、蜂矢は鱈夫のことに話題をもどして、

「東京にいるより、実家にいたほうが楽だろ」

「そんなことないです。うちは毒親《どくおや》なんで」

鱈夫の父親は土木作業員で、酔うと暴力をふるう。別居している母親は新興宗教の熱心な信者で、ひとり息子の鱈夫に入信を迫る。勤めていた自動車工場では同僚からいじめられた。

「だから東京にきたんです。ホスクラでもいじめられたけど」

「なんで歌舞伎町で働くんだ。おなじ東京でも飲食以外の仕事なら、ほかの街のほうがたくさんあるぞ」

「歌舞伎町が好きなんです。ぼくが持ってないものを持ってるひとたちが大勢いるから」

わかる、と凜花がいった。

「歌舞伎町って、なんかキラキラしてるんだよね」

「表むきはそうでも、裏はドロドロしてるぜ」

「それでも好きなの。どうしてなのか、うまくいえないけど――」

創介はまだ歌舞伎町になじめないし、なじもうとも思わない。といって将来こうなりたいという夢や目標もない。専門学校に入ったころは、ただ漠然と就職すればなんとかなると思っていたが、現実ははるかにきびしかった。

十二月に入ると歌舞伎町はあちこちにイルミネーションがきらめき、クリスマスの雰囲気になった。忘年会シーズンとあって人通りは日ごとに増えて、金曜の今夜は肩がぶつかるほどの混雑ぶりだ。

創介は足りなくなった乾きものをドン・キホーテへ買いにいき、あたりの人波を眺めつつ歩いた。瘦《や》せた肩をそびやかしたホストたち、客にしなだれかかって嬌声《きょうせい》をあげる風俗嬢、人目も気にせず抱きあうカップル、酔っぱらって千鳥足《ちどりあし》の中年男、路上にしゃがんで放心する若い男。

凜花は歌舞伎町がキラキラしてるといったが、人間の欲望が渦巻くこの街はギラギラしているといったほうが正確だろう。

創介はいつもとちがう道を歩いてみたくて、さくら通りに入った。さくら通りは歌舞伎町一番街やセントラルロードにくらべて道幅がせまく、風俗店が軒《のき》を連《つら》ねている。風俗店に興味がないわけではないけれど、入ったことはない。

毒々しいネオンを眺めつつ歩いていると、背の高い黒人が白い歯を見せて近づいてきて、ヘイ、アニキ、といった。

「イマカラ、ドコイクノ」

創介はどぎまぎしつつ、仕事だよ、と答えた。黒人は笑顔でうなずいて、

「イイコイルヨ。マジ、イイコ」

どうやら客引きらしい。創介はかぶりを振って、

「いまから仕事なんで」

「オーケーオーケー。アニキ、イイオトコダカラ、サービススルネ」

黒人はわけのわからないことをいい、いきなり肩に腕をまわしてきた。振りほどこうとしたが、びくともしない。だから仕事なんだってば。必死で声をあげながらも黒人にひきずられていく。

「ダイジョブ、ダイジョブ。ノミホウダイ、ニセンエンダカラ」

英文字だらけの怪しげな店へ連れこまれそうになったとき、むこうから制服姿の警官がふたり歩いてきた。黒人の力がゆるんだ瞬間、腕をふりほどいて一目散《いちもくさん》に走った。

息を切らして店にもどったら、珍しく蜂矢がいた。

いまの出来事を話したら蜂矢は笑って、

「そいつは、たぶんインターナショナルパブのキャッチだな」

「インターナショナルパブ？」

「外国人のダンサーなんかがいる店さ」

「二千円呑み放題っていってましたけど」

「んなわけねえだろ。外国人の女が隣について、勝手にがばがば呑むからな。でも、それくらいなら、まだましだ。エグい店だとドリンクスパイキングっていって、クスリをまぜた酒を呑ませて、眠った客を身ぐるみ剝いじまう」

歌舞伎町はやっぱり怖い。

外がにぎわっているだけに、ふだんはひまなニュー来夢も一見の客がきたり、凛花が団体客を連れてきたりして忙しかった。蜂矢もマスターらしくふるまっていたが、十二時すぎに鱈夫がきたときは、ほかに客はいなかった。

鱈夫は隅っこの椅子にかけると、麦焼酎の水割りを注文した。蜂矢はカウンターのなかでタバコを吸いながら、

「タラちゃん、中華屋のバイトはどうだ」

「まあまあです。でも、まかないがないんで腹が減ります」

「ふうん。じゃあ、おれがサービスでチャーハン作ってやろうか」

麦焼酎の水割りを作っていた凛花が、だめだめ、といった。

「またベチャベチャのネトネトになるから。タラちゃんおなか壊すよ」

「ひでえことというな。がんばって作ったのに」

「マスターも超まずいっていってたじゃん」

「まあな。昔は料理人になりたかったけど、そんな才能がねえからあきらめた」

「あたしも作るのは無理。食べるほうがいい」

「結局はずさねえのは外食だろ」

凜花は鱈夫の前に麦焼酎の水割りを置いて、

「あー、そんな話したせいで、おなか減ってきた」

そのときドアが開いて、柳刃と火野が入ってきたから体がこわばった。

蜂矢はこっちを見て、このあいだきた奴か、と小声で訊いた。創介がうなずくと蜂矢は険しい表情になって、タバコを灰皿に放りこみ、

「すみません。表のステッカーはご覧になりましたか」

柳刃と火野は無言で椅子に腰をおろした。あの、お客さん、と蜂矢はいって、

「いまいったの、聞こえました？」

火野はカウンターに頬杖をつくと、上目遣《うわめづか》いで蜂矢を見て、

「表のステッカーがどうした」

「どうしたって――暴力団排除宣言って書いてあるでしょう。うちの店は、その筋のかたはお断りしてるんです」

「兄貴とおれが、いつ暴力団だと名乗った。証拠でもあんのか」

「それは――帰ってもらえないんなら警察呼びますよ」

「呼んでみろ」

「じゃ呼びますよ。いいんすか」

蜂矢はうわずった声をあげるとスマホを手にしたが、指は画面の上で止まったままだ。自分が後ろ暗いことに関わっているだけに警察は呼びたくないだろう。

「どうした。早く呼べよ」

蜂矢は唇を嚙《か》んでうつむいた。

緊迫した雰囲気に凜花は目を見開き、鱈夫は丸顔を引き攣《つ》らせている。柳刃は無言で腕を組んでいるが、それだけですさまじい威圧感がある。

「なあマスター」

火野は不意に表情をやわらげると、

「兄貴とおれは、なにもアヤつけにきたわけじゃねえ。いま踏んでるヤマが片づくまで歌舞伎町にいるだけだ。そのあいだ、ここに寄らせてくれよ」

わかりました。蜂矢は溜息まじりにいって、

「でもトラブルはかんべんしてください」

「そんなつもりはねえよ。ほら、きょうだって、こいつを持ってきたんだ」

火野は百貨店の大きな紙袋をカウンターに置き、ビニール袋をとりだした。ビニール袋のなかには、サクというのか長方形の魚の切り身と野菜、ミカンのような果物が入っている。

「寒ブリと小松菜と柚子《ゆず》だ。どれもいまが旬だぞ」

「それをどうするんすか」

「もうすぐ閉店だろ。みんなで食おうぜ。そこのお兄ちゃんも」

火野は鱈夫に目をむけた。鱈夫はおどおどしながら、うなずいた。蜂矢はあきれた表情で、食べるのはいいすけど、といった。

「寒ブリって焼くか煮るかするんすか」

「生に決まってんだろ」

「でも生は怖いじゃないすか。アニキサスとか」

なんだとぅ。火野は声を荒らげてカウンターを拳で叩くと、

「兄貴を刺すって、どういうことだッ」

「いやあの、寄生虫が」

「それはアニサキスだろうが」

凜花がぷぷぷと笑い、場の雰囲気がなごんだ。創介も笑いそうになるのを、なんとか我慢した。鱈夫は肩を縮《ちぢ》こめ、目をきょろきょろさせている。

これは養殖のブリだ、と柳刃がいった。

「アニサキスはオキアミなどのプランクトンを食べた魚介類を経て、人間に感染

する。しかし養殖魚は、冷凍した餌や乾燥した餌で育てられる。餌を加工する段階でアニサキスは死滅するから、感染の危険はほとんどない」

「わかりました。でも、これを食べるにはどうすれば——」

「なにもしなくていい。おれが作る」

柳刃は立ちあがると上着を脱ぎ、有無をいわさず厨房に入った。寒ブリと紙袋を持った火野があとに続いた。と思ったら火野が厨房からひょっこり顔をだし、

「おまえさんたちはカウンターで座ってな」

蜂矢は溜息をついて、もう閉めよう、といった。

「客がきたら困る」

創介は外にでて電飾看板と足拭きマットを店内にしまった。蜂矢はふてくされた表情でカウンターの椅子にかけ、タバコを吸いはじめた。凜花はカウンターのむこうで、暖簾をはねて厨房を覗いている。創介も厨房のドアを開けて、なかを覗いた。

柳刃は寒ブリのサクに塩をまぶしており、火野は小松菜を鍋で茹《ゆ》でていた。まもなく柳刃は寒ブリのサクをラップで包んで冷蔵庫に入れると、こっちをむき、

「いまからいうものを買ってこい」

買物を頼まれたのはニンニク、すりゴマ、ショウガ、大葉、鰹節《かつおぶし》だった。創介はスマホのメモアプリにそれらを入力し、金を受けとって深夜営業のスーパーへ走った。

いわれたものを買ってもどってきたら、柳刃は寒ブリのサクを包丁で切っていた。火野はボウルに入れた小松菜を調味料とあえている。すこしして柳刃は寒ブリの刺身をふたつの大皿に盛り、くし形に切った柚子を人数ぶん添えると、

「できたぞ。持っていけ」

創介はそれをカウンターに運んだ。続いて火野が小松菜を載せた小鉢を六つ持ってきた。鮮やかな緑の小松菜にすりゴマが散らしてある。

火野がワイングラスを棚からとって照明にかざし、

「よし。グラスタオルを買ったな」

創介はカウンターの椅子にかけて微笑した。凜花も隣に座った。

火野は自分で買ってきた赤ワインを二本持ってくると、慣れた手つきで栓を抜き、ワイングラスに注ぎわけて、

「じゃあ食べようぜ。いただきます」

両手をあわせた。柳刃もそうしているから、みんなも合掌《がっしょう》して、いただきます、

といった。以前にも増してシュールすぎる状況だ。

「あの、寒ブリの醤油《しょうゆ》はないんすか」

蜂矢が訊いた。ない、と火野が答えて、

「柚子を絞って食え」

いわれたとおりにしてみたら、なめらかな食感とともに甘みのある脂がじゅわっと弾《はじ》け、舌の上で溶けていく。なにもつけていないのに、ほどよい塩味があり、寒ブリのこってりした脂を柚子の酸味が中和して、あきれるほど旨い。

ワインは数えるほどしか呑んだことがないけれど、刺身に赤ワインはミスマッチな気がした。ところがワイングラスを口に運んだとたん、目をみはった。ふくよかで濃厚な赤ワインは、寒ブリの味を邪魔《じゃま》するどころか、何倍にもひきたてる。

「こんなに美味しい刺身、食べたことない」

凜花はうっとりした表情でいった。ぼくもそう思う、と鱈夫がいって、

「ブリってなまぐさいから好きじゃなかったけど、これはめちゃくちゃ旨い」

マジで醤油いらなかったすね、と蜂矢はいって、

「この塩味はどうやって」

塩じめだ、と柳刃がいった。

「まず寒ブリのサクをキッチンペーパーで拭き、全体にまんべんなく塩をまぶす。そのあとラップで包み冷蔵庫で寝かす。きょうはあまり寝かせなかったが、本来は一時間くらいがいい。浸透圧でよけいな水分が抜けて旨みが濃くなり、身に塩味もつく」

「冷蔵庫で寝かせたあとは？」

「サクを冷水で洗ってキッチンペーパーで水気を拭き、七ミリくらいの厚さに切るだけだ。塩味が足りなければ塩をつけて食べてもいいし、塩とゴマ油もあう」

「ゴマ油？　この刺身にあうんすか」

柳刃は小松菜の小鉢を指さして、

「このナムルをつまんでみればわかる」

みんなはさっそく箸を伸ばした。小松菜はシャキシャキした食感で、味わいがみずみずしい。ゴマの香りとニンニクの辛みがきいていて、寒ブリの付けあわせにぴったりだ。柳刃が寒ブリの刺身にゴマ油があうといった理由がよくわかる。

この料理の作りかたを訊くと、

「はじめにゴマ油、醤油、おろしニンニク、すりゴマ、鶏《とり》ガラスープの素をボウルでまぜておく。分量は小松菜の量で変わるから、味見して調整する。次に小松菜の根元を切り落として水でよく洗い、五センチくらいに切る。それを沸騰した湯に入れて、煮立ったらすぐザルにあげて流水で冷ます。小松菜の水気をよく絞って、ボウルのタレにからめたら完成だ」

寒ブリの塩じめと小松菜のナムルでワインがぐいぐい進み、二本目のボトルもまもなく空《あ》きそうだ。料理は残りすくないが、すこし酔いがまわったせいか、ますます食欲が湧く。火野は厨房に入ったのか、姿が見えない。

「魚にはふつう白ワインでしょう。寒ブリに赤ワインがあうとは意外っすね」

と蜂矢がいった。柳刃はうなずいて、

「白ワインだと寒ブリの味に負けて、なまぐさくなりやすい。といって赤ワインなら、なんでもいいわけではない。カベルネ・ソーヴィニヨンは重すぎて寒ブリの旨みをじゅうぶん味わえないから、タンニンの渋みがすくないピノ・ノワールにした」

赤ワインのラベルには「ハーン・ワイナリー ピノ・ノワール」とある。

「カベルネ・ソーヴィニヨンとピノ・ノワールって、なんですか」

創介が訊いたら、柳刃はぶどうの品種だと答えた。前者はどっしり重厚な味で肉料理にあい、後者はまろやかでやさしい味だから和食にあうという。

「柳刃さんって、元料理人？」

凜花が訊いた。いや、と柳刃はいった。

「ただの素人《しろうと》だ」

「素人なのに、どうして食べものにこだわるの」

「病は口より入《い》り、禍《わざわい》は口より出《い》ず、という」

「どういう意味？」

「病気は飲食が原因のことが多く、人間関係のトラブルは言葉が原因になる」

「そっか。飲みすぎ食べすぎや偏食は病気になるし、ひとの悪口いうとケンカになるもんね」

「病原菌で食中毒になったり、ネットの投稿で炎上したりするのもおなじだね」

と創介がいった。それだけではない、と柳刃はいって、

「食事は生きる源だ。食事をおろそかにすれば、自分のこともおろそかになる」

凜花は目を伏せて、いえてる、とつぶやいた。

「広場にいたころは、ひどい食生活だった。クスリでパキってて、なんにも食べない日もざらだったし」

おれも若いときはそうさ、と蜂矢がいった。

「飯にウスターソースかけて食ってた。あとはカツオの塩辛とイカの塩辛。飯がいっぱい食えるからな」

「このあいだも食べてたじゃん」

「いまも癖が抜けねえんだ。金がねえころは、ハンバーガーとコーラがいちばんの贅沢《ぜいたく》だった」

「ぼくは毎日カップ麺かコンビニ弁当です」

と鱈夫がいった。おれもだよ、と創介はいって、

「まだ腹減ってるから、帰りにコンビニ寄ろう」

「あたしもいく」

その必要はない、と柳刃がいった。

「残った寒ブリはゴマ醬油でヅケにしてある。いま火野が飯を炊いてるから、ブリ茶漬にして食おう」

凜花は手を叩いて歓声をあげ、鱈夫は丸顔をほころばせた。蜂矢は複雑な表情だったが席を立って、おれも手伝いますよ、といった。ぼくも、と創介はいって厨房に入った。

③ 超簡単なのに旨すぎる。アメリカのソウルフード

創介は五時半にアパートをでて地下鉄に乗った。

中野坂上から新宿までは歩くと二十分以上かかるが、地下鉄なら三分で着く。

新宿駅から歌舞伎町のニュー来夢までは徒歩で五、六分だ。

店に着いてドアを開けようとしたら、突きあたりにある民家から六十がらみの女がでてきた。おだやかな顔つきの女は、こんばんは、と会釈《えしやく》した。

「こんばんは」

創介も会釈をかえしたが、誰なのか気になった。

開店の準備をしていると、凜花がノーメイクで出勤してきた。いままでは地雷系メイクしか見たことがなかったが、素顔の彼女はういういしくて思わず見入ってしまう。

「なんですっぴんなの」

「きょうはカフェのバイト休みだったから、ずっと爆睡してた」

凜花は洗面所であわただしくメイクをはじめた。素顔のほうがはるかにきれいだと思ったけれど、彼女の機嫌を損ねそうだから黙っていた。

「さっき店の前で、おばさんに会ったんだけど」

さっきの女の容姿を口にしたら、この店の大家さんよ、と凜花はいった。

「歌舞伎町に土地持ってるなんて、大金持だね。でも、こんな古い店をどうして建てかえないんだろ。ビルにしたほうが儲《もう》かりそうなのに」

「マスターに聞いた話じゃ、このへんは土地の権利が入り組みすぎて、手がつけられないんだって。だから昔のまんま取り残されてるの。新宿ゴールデン街もそんな感じでしょ」

新宿ゴールデン街で呑んだことはないが、専門学校生のとき見物にいった。せまい通りに古い木造のバーや飲食店がぎっしりならんで、昭和の時代にタイムスリップしたような雰囲気だった。

「柳刃さんたち、次はいつくるのかな」

地雷系メイクになった凜花がつぶやいた。

「また美味しいの作ってほしい」

このあいだ柳刃と火野がきたとき、シメに食べた茶漬は忘れられない味だった。煮切った酒とみりん、醬油とすりゴマとおろしショウガをまぜたタレに漬けこんだ寒ブリを炊きたての飯に載せて刻んだ大葉を散らし、熱いカツオのダシ汁をかける。刺身とはまたちがった旨さで、何杯でも食べられそうだった。

「おれもまた柳刃さんの料理食べたいけど、マスターは微妙な感じだね」

「心配してるのよ。なにか罠があるんじゃないかって」

「その気持もわかる。ヤクザのふたり組が勝手に厨房入って料理するんだから、なにかあるって思うよね」

「なんなんだろ。でかいヤマって」

「さあ――トラブルじゃなきゃいいけど」

柳刃たちの目的はなんなのか。凜花とあれこれ推理したが、まったく見当がつかなかった。ひとつ気がかりなのは、火野に電話番号を教えてしまったことだ。

このあいだ柳刃と火野が店をでたとき、うっかり外まで見送りにいったら、

「おまえのスマホの番号は?」

火野が訊いた。

「客が多いときに、おれたちがきたら困るだろ。それを確認するだけさ」

「だったらマスターの番号を――」

「あいつは店にいねえじゃねえか」

店に固定電話はないからしかたなく教えると、火野はすぐ電話してきて、

「おれの番号はそれだ。鳴ったら、ちゃんとでろよ」

半グレだけでなく、ヤクザにまで個人情報を握られたと思うと不安だった。


今夜は早い時間だけ忙しく、あとはずっとひまだった。

十二時すぎに鱈夫が顔をだし、いつもどおり麦焼酎の水割りを注文した。鱈夫が住んでいるのは下落合だから、歩くと四十分もかかる。それでも終電に乗らず、ここへくるのは人恋しいからだろう。

鱈夫は閉店後も店に残って片づけを手伝い、創介といっしょに帰る。創介が住んでいる中野坂上とは方向がちがうが、途中まであとをついてくる。

「タラちゃんはさあ」

凛花がカウンターに両肘《ひじ》をついて訊いた。

「将来なんになりたいの」

「なんになりたいっていうか、なんになれるかって感じ」

「夢がないじゃん」

「そういう凛花ちゃんは——」

「何回いったらわかるの。凛花でいいってば」

「じゃ、じゃあ凛花の夢は？」

「んー、なんだろ。とりま稼ぐこととかな」

「やっぱお金かあ」

でも、それって夢なの、と創介が訊いた。

「夢って、もうちょっと具体的な気がするけど」

「具体的には、よくわかんない」

お金なきゃ、なんにもできないもんね、と鱈夫がいって、

「歌舞伎町にいると、それがよくわかるよ。ぜんぜんお金がなくて一番街とかセントラルロードとか歩いてたら、まわりの景色が遠くに見える。歩いてるひとも、

ならんでる店も、すぐ目の前にあるけど、自分には関係ないんだって」

「お金なくても広場にいたら、友だちできるよ」

「凜花はそうでも、ぼくは無理」

「なんで」

「背は低いし顔もよくないから。ひとは結局見た目だよ」

「ルッキズムってやつ？」

「うん。見た目の差別はよくないっていうけど、ひとは好みもあるから、しょうがないって思う」

たしかに鱈夫は容姿が冴えないが、自分も顔は十人並みだし、背も高くない。もっと高身長のイケメンに生まれていたら——何度となくそう思った。

外見が冴えなくても、頭がいいとか特殊な才能があるとかすれば、自分に自信が持てるだろう。どちらもない場合、凜花がいったように金を稼ぐしかないのかもしれない。創介は溜息をついて、

「金がなければ、夢は持てないってことだね」

「どうしたの。急に暗いことといって」

凜花が訊いたとき、ドアが開く音がした。いらっしゃいませ。声をあげて入口

を見たとたん、ぎょっとした。光沢のあるグレーのスーツを着た背の低い男が入ってきた。髪を短く刈り、額から眉間にかけて深い傷跡がある。

おじさん、と凜花が困惑した表情でいった。

「ここにきちゃだめよ」

大膳光士郎はカウンターの椅子に腰をおろし、なしか、といった。

「わしがヤクザやからか」

「うん」

「若い衆《し》は連れてきとらん。わしひとりじゃ」

「それでも――」

「ヤクザなら、ほかにもきちょろうが。わしを断る理由にならん」

ビールをくれ、と大膳はいったが、凜花はその場で固まっている。

創介は瓶ビールの栓を抜き、冷蔵庫で冷やしたビアグラスを冷水ですすいでから大膳の前に置いた。どきどきしながらビールを注ぐと、大膳はそれを一気に呑み干して、

「若いのに注ぎかたがわかっとうの。前はどこかのバーにおったんか」

「いえ、ここがはじめてです」

「歳は」

「はたちです」

創介は空になったビアグラスにビールを注いだ。

「わしがはたちのときは、さくら通りのキャバクラで皿洗いしちょった」

鱈夫がはっとした表情でこっちを見た。大膳は続けて、

「あのころは東京にでてきてまもないけ、いっちょん金がないでのう。毎日モヤシばっかり食うとった」

「モヤシ、ですか」

「おう。モヤシだけ煮たり炒めたりして食うとよ。ちょっと金があったら、魚肉《ぎよにく》ソーセージやら玉子やら入れての」

「美味しいんですか」

「美味しいわけなかろうが。けど腹はふくれるばい」

大膳は一万円札をカウンターに置き、釣りはいらん、といった。

「また近いうちにくるけん、柳刃に、わしがきたちいうとけ」

広い背中が店をでていくと、創介は緊張が解けて太い息を吐いた。大膳は柳刃のことを知っていた。彼らがどういう関係なのかわからないが、店にくるヤクザ

が増えるのはかんべんしてほしい。凜花も溜息をついて、

「どうしよう。おじさんと柳刃さんたちがケンカになったら」

閉店前になって蜂矢がきた。大膳のことを話すと、蜂矢は頭を抱えて、

「やべえなあ。なんで大膳さんがうちにくるんだよ」

「そんなに怖いひとなんですか」

「ステゴロの大膳っていって伝説の男さ」

「ステゴロ?」

「素手《すで》のケンカさ。大膳さんは相手が誰でも素手で戦う。昔、歌舞伎町でのさばってた極悪の外国人マフィアがいた。大膳さんはそいつらのアジトにひとりで乗りこんで、組織を壊滅させたんだ」

大膳はそれで長いあいだ刑務所にいたと聞いて、ますます怖くなった。しかし鱈夫は目を輝かせて、すごいですね、といった。

「身長は、ぼくとおなじくらいなのに」

「そんなことで感心するなよ」

蜂矢は顔をしかめて、にしても困ったな、とつぶやいた。

閉店後、創介は凛花と鱈夫の三人でファミレスにいった。蜂矢は大膳が置いていったチップをくれたので、食事代にそれを使った。三人ともハンバーグと鶏のグリルとソーセージがついたミックスグリルとライスを食べた。鱈夫はしきりに恐縮して、

「店でたった一杯しか呑んでないのに、こんなにごちそうになって」

「いいよ、そんなの。おれたちの金じゃないし」

「そうだよ。おじさんがくれたんだから、ぱーっと遣っちゃおう」

ふとヤクザからもらった金で飲み食いするのは後ろめたい気がした。火野から以前チップをもらったときは深く考えなかったが、もし犯罪で稼いだ金なら受けとるべきではなかった。創介がそれをいったら、でもさ、と凛花がいって、

「チップ断ったら機嫌悪くするよ。もらった以上、捨てるわけにもいかないし」

ファミレスの勘定を払っても、金はまだあまった。

「いい考えがある。ちょっとつきあって」

と凛花がいった。外は冷たい風が吹いていて、すこし歩いただけで耳が痛くなった。彼女はコンビニで肉まんやパンやホットドリンクを大量に買い、創介と鱈夫はレジ袋をひとつずつ持たされた。

凜花もレジ袋をさげてシネシティ広場にいった。広場のあちこちで、十代から二十代前半のトー横キッズたちが寒そうに肩を寄せあっている。

「さっき買ったのを、そこにいるみんなにあげて」

凜花はレジ袋の中身をトー横キッズたちに配りはじめた。彼らのなかには顔見知りがいるようで、凜花と笑顔でしゃべっている。

「よかったら、どうぞ」

創介と鱈夫はそう声をかけて、肉まんやパンやホットドリンクを配った。ありがとうと頭をさげる者もいれば、無言で受けとる者もいる。知らん顔をする者のそばにも、そっと置いた。

レジ袋が空になったころ、オレンジ色のパーカーを着た女が駆け寄ってきた。髪はショートカットで、歳は二十代後半に見える。凜花も彼女に駆け寄り、ハグをして背中を叩きあった。

「凜花、ひさしぶりー」

「ちはるん、元気だったあ？　しばらく見なかったけど」

「元気よ。ボラの研修でカナダにいってたの」

女性はこっちに目をむけて、凜花のお友だち？　と訊いた。

「うん。創介とタラちゃん」

女性は鮎川千春と名乗った。凜花によると、千春は若者むけのゲストハウスを経営するかたわら、ボランティア団体を主宰しているという。

「ちはるんは歌舞伎町で、夜回りとかゴミ拾いとか炊き出しとかやってるの。いろいろ相談にも乗ってくれるから、広場の子はみんな頼りにしてる」

凜花はトー横キッズだったころ、彼女にずいぶん世話になったといった。千春はナチュラルメイクの顔に笑みを浮かべて、

「凜花もボランティアを手伝ってくれてた。いまの店で働きだしてからは、自分のお金で広場の子たちに食べものや飲みものを配ってる。広場にきたころは毎日パキってて、めちゃくちゃだったけど——」

「もー、それはいわないで」

ふたりともえらいなあ、と鱈夫がいって、

「ぼくなんか、自分のことで精いっぱいなのに」

「おれだってそうだよ」

「ちはるんはえらいけど、あたしはぜんぜんえらくない。ただの自己満」

「わたしも自己満よ。よく偽善者っていわれるから、そのとおりですって答える

の。自分が好きでやってるだけだから」

千春がそういったとき、高校生くらいの女の子が走ってきた。

「千春さん、友だちがODでやばいの」

「わかった。すぐにいく」

じゃあね、と千春はいって女の子と走りだした。


柳刃と火野が店にきたのは、それから三日後の夜だった。

時刻は十二時五十分で、客は鱈夫しかいない。蜂矢は店にきたばかりで、カウンターの椅子にかけて売上げを計算していたが、ふたりが入ってくると椅子からずり落ちそうになった。

なにあわててんだ、と火野が笑って、

「そろそろ閉店だろ。今夜も旨いもの食おうぜ」

食材が入っているらしい大きな紙袋をカウンターに置いた。

あのう、と蜂矢がいって、

「大膳光士郎さんを知ってますか」

「大膳組の組長だろ。それがどうした」

火野は平気な顔でいった。

「このあいだ、大膳さんがここへきたんす。おれはそのときいなかったけど、大膳さんは自分がきたことを、柳刃さんに伝えておけといったみたいで――」

「ふうん」

「おふたりとは、どういうご関係で――」

「どうってこたあねえ。知ってるってだけさ。ですよね、兄貴」

火野は柳刃に目をやった。柳刃は軽くうなずくと、

「いまから飯を作るが、きょうはマスターが手伝え」

えッ。蜂矢は目をしばたたいて、

「おれ、料理めちゃくちゃ下手っすよ」

そうよ、と凜花がいった。

「ガチで下手」

「かまわん」

蜂矢が首をかしげてこっちを見ると、

「看板を消せ」

柳刃は上着を脱いで厨房に入り、蜂矢があとをついていった。柳刃たちが大膳

と敵対している様子はないので、ほっとした。創介は電飾看板と足拭きマットを店内にしまい、厨房を覗いた。

蜂矢はおぼつかない手つきで包丁を握り、まな板の上のフランスパンを切っていた。フランスパンは中くらいの長さで六本ある。蜂矢はそれに横から包丁をあて、切りこみを入れている。

柳刃はもうひとつのまな板を使い、玉ネギをものすごい早さで粗めのみじん切りにすると、オリーブオイルをひいたフライパンで炒めはじめた。続いてニンニクをすりおろし、バターの固まりと耐熱容器に入れてラップをかけ、電子レンジで三十秒ほど加熱した。

「これをよくまぜろ。そのあとパンの切り口にまんべんなく塗れ」

蜂矢は柳刃にいわれて、耐熱容器のニンニクとバターをスプーンでまぜている。

柳刃はすこし飴《あめ》色がかった玉ネギを皿にとり、切り落としの牛肉をフライパンに入れると、塩とブラックペッパーを振って炒めた。

蜂矢はニンニクとまぜたバターをフランスパンに塗った。柳刃はフライパンの牛肉の上にスライスした白いチーズを載せて蓋をすると、こっちを見て、

「グラスを六つだしておけ」

はい。創介は答えて冷蔵庫から冷やしたビアグラスをだし、冷水ですすいでからカウンターにならべた。火野が入れかわりに厨房にいき、瓶ビールとコーラを持ってきた。コーラは誰が飲むのか。

まもなく柳刃と蜂矢が六つの皿をボックス席に運んできた。創介は店の隅から補助用の四角いソファを持ってきて、それに座った。

皿の上のフランスパンには、はみでるほどの牛肉と玉ネギ、とろりと溶けたチーズがはさんである。こんがり焼けた牛肉とチーズの香りに生唾が湧く。

火野はカウンターにいて、六つのビアグラスにビールを半分注いだ。なぜ半分なのかと思ったら、そこにコーラを注ぎ足した。

なにそれ、と凜花がいって、

「ビールにコーラなんて、ありえないんだけど」

「いいから持ってけよ」

火野にそういわれて、創介たちはビアグラスをボックス席のテーブルに置いた。みんなが席につくと、例によって、いただきますの儀式のあとビアグラスを口に運んだ。どんな味なのか想像がつかなかったが、ビールのほろ苦さとコーラの甘みが自然にマッチして、まったく違和感がない。

鱈夫がグラスを手にして満面の笑みを浮かべた。なにこれ、と凜花がいって、

「めちゃくちゃ美味しいんですけど」

「まずいかと思ったら、ぜんぜんイケる。なんなんすか、これ」

蜂矢が訊いた。ディーゼルというカクテルだ、と柳刃がいった。

「日本ではあまりなじみがないが、アメリカやドイツのレストランでは、ふつうにでてくる」

「作りかたは？」

「さっき見たとおり、ビールとコーラを一対一で割るだけだ。さっぱりした味にしたければ、レモンやライムを絞る」

鱈夫がフランスパンをひと口食べて、うわ、と声をあげた。

「こんな旨いホットドッグ、はじめて」

創介もかぶりついたとたん、顔が自然にほころんだ。フランスパンは外側がサクッとした食感で内側はもっちりやわらかい。パンを嚙みしめるたび、熱い肉汁とともに牛肉の旨み、炒めた玉ネギの甘み、まろやかなチーズのコクが混然となって、こたえられない美味しさだ。

凜花が目を見開いて、激ウマ、といった。

「頭ぶっ飛びそう」

「このホットドッグ、超旨《うめ》え」

蜂矢がそういったら、これはホットドッグじゃない、と柳刃がいった。

「フィリーチーズステーキサンドだ」

「え？　そのフィリーなんとかって、どこの料理なんすか」

「アメリカのフィラデルフィアが発祥で、一九三〇年代初頭にオリヴィエリという兄弟が売りだしたといわれてる」

これに使った食材って、と鱈夫がいった。

「フランスパンと牛肉と玉ネギとチーズですか」

「本場ではアモロソやホギーロールといったパンを使うが、日本では手に入れづらいから、バゲットよりやわらかいバタールを使った。牛肉はアメリカ産ブラックアンガス牛のリブアイを切り落とした。チーズはプロヴォローネだ」

「リブアイとプロヴォローネ？」

「リブは、あばらという意味だ。リブロースでいちばん高級な芯の部分をリブアイという。プロヴォローネはイタリアのチーズで、モッツァレラとおなじ製法で作られるが熟成期間が長く、加熱すると旨さが増す」

「食材にそれだけこだわってるから、こんなに美味しいんですね」

「ひとつひとつにこだわれば、むろん味はよくなる。しかしスーパーで買える食材でも、じゅうぶん旨い。牛肉は切り落としのモモ肉、チーズはとろけるチーズのモッツァレラかチェダー、それをやわらかめのフランスパンかトースト二枚ではさめばいい。パンはよく焼いて、ガーリックバターをまんべんなく塗る」

さっきマスターがまぜてたやつですね、と創介がいって、

「すりおろしニンニクとバターをレンチンしたのは――」

「パンに塗りやすくするためだ。作る時間を短縮するには、玉ネギもみじん切りにしたあと、レンジで加熱したものをフライパンで炒める」

ふと火野が席をはずしたと思ったら、厨房に入って皿をふたつ持ってきた。ひとつの皿には細いピーマンのような野菜の輪切り、もうひとつの皿には短くちいさいキュウリのようなものが載っており、人数分の爪楊枝が刺してある。

へへへ、と火野は笑って、

「これをつまむと、もっと旨いぞ。ハラペーニョとガーキンのピクルスだ」

「ガーキン？」

創介が訊いた。ドイツ語でキュウリという意味だ、と柳刃がいった。

「一般的にはメキシコ原産の小ぶりなキュウリを意味する。日本のキュウリとちがって青臭さがなく、ハンバーガーやホットドッグにあう」

さっそくつまんでみるとハラペーニョのほどよい辛さと、ピクルスのさっぱりした酸味がフィリーチーズステーキサンドの旨さを倍増する。

「これも柳刃さんが作ったんですか」

創介が訊いたら、火野が眉を寄せて、

「なんでもかんでも兄貴に作らせるな。どっちも瓶詰だ」

蜂矢がフィリーチーズステーキサンドをぱくつきながら、ディーゼルを呑んで、しっかし旨いなあ、といった。

「ハンバーガーとホットドッグっていやあ、ビールかコーラだろ。このディーゼルってカクテルは両方入ってるから、めちゃくちゃパンにあうんだよな」

凜花がいたずらっぽく笑って、

「マスターも作ってみたら。昔は料理人になりたかったって、いってたじゃん」

「おれはだめだよ。味オンチだから」

柳刃は食事を終えて、ごちそうさまでした、と両手をあわせてから、

「旨いものを旨いとわかるなら、味オンチではない」

「え？　そうなんすか」

「味オンチとは、なにが旨くてなにがまずいかわからないことだ。なにが旨いかわかってるなら、それを目指せばいい」

「いまいち意味がわかんないすけど――」

柳刃は答えずに席を立ち、カウンターでタバコを吸いはじめた。

兄貴がいってんのは、要するに目標さ、と火野がいった。

「どんな山でも、てっぺんが見えてりゃ登れるってことさ」

「山のてっぺんが目標すか」

「そうよ。目標が見えねえ森のなかじゃ登りようがねえが、てっぺんが見えるなら、そこを目指せばいいだろ」

「そう簡単にはいかないんじゃ――」

「そりゃ山にもいろいろある。高い山は、てっぺんが見えてても登るのは大変だ。でも登るルートはひとつじゃねえし、時間をかけりゃなんとかなる」

蜂矢は腕組みをして考えこんだ。

あきらめなければ、夢がかなうってことですか。創介が訊いた。

「このあいだ、みんなで夢について話したんですけど、自分が将来どうしたいのかわからなくて——」

「夢ってのは、てっぺんが霞《かす》んでるような高い山だ。おまえさんたちは焦らねえでいいから、まず身近な低い山を登れよ」

「身近な低い山、ですか」

「山じゃなくて丘でもいい。ひとつてっぺんに登れば、べつのてっぺんが見えてくるもんだぜ」


柳刃と火野が帰ったあと、四人はボックス席でぼんやりしていた。フィリーチーズステーキサンドはボリュームがあるから、ひとつだけで満腹になった。

ふと蜂矢が鼻を鳴らして、

「夢とか目標とか、ヤクザにいわれてもな」

でも料理美味しかったあ、と凜花がいって、

「マスターの夢はなに？　それか目標は？」

「さあな。特にねえよ」

「ニュー来夢は、来る夢って書くのに。ところでニューってなに？」

「知らねえよ。おれがつけたわけじゃねえ」

「誰がつけたんですか」

創介が訊いたが、蜂矢は肩をすくめた。あ、と凜花がいって、

「マスターの目標はあるじゃん。東京リッパーズから足を洗うんでしょ」

鱈夫がぎょっとした顔で蜂矢を見た。鱈夫はホストだったから、東京リッパーズのことを知っているのだろう。蜂矢は舌打ちして、

「よけいなこというな」

「タラちゃんだから、いってもいいでしょ」

「よくねえよ。タラちゃん、誰にもいうんじゃねえぞ」

鱈夫はうなずいた。蜂矢は続けて、

「もうすぐ大事なアテンドがあるんだ。おれが半グレだってばれたら、外野がうるせえからな」

「そのアテンドがうまくいったら、足を洗えるの」

「そう簡単にいくもんか。上の連中は金の亡者《もうじゃ》なんだ。足洗うには、ものすげえ大金がいる」

「柳刃さんたちに相談したら？」

「バカいえ。うちのケツ持ちは一筋会だぞ」

「一筋会って、大膳のおじさんとこよね」

「あのひとは半グレにからんでねえ。うちのケツ持ってるのは、べつのヤクザさ。誰かは知らねえけど、とんでもない大物らしい」

「東京リッパーズは、その大物にお金を払ってるの」

「ああ。ヤクザは、おれたちから金を吸いあげるだけさ。いざってときは、なにもしてくれねえのに」

「柳刃さんたちは、ちがうんじゃね？　わざわざ料理作ったうえに、お金払って帰るんだから」

「たしかに変わり者だけど、ヤクザはヤクザさ」

「このあいだマスターがいったじゃん。金がねえころはハンバーガーとコーラがいちばんの贅沢だったって。だから柳刃さんはマスターに手伝わせて――」

蜂矢はすこしのあいだ宙に目をむけてから、また鼻を鳴らして、

「おれたちを手なずけようとしてるんだ。なんか裏があんだろ」

④ 知らないひとも意外と多い。伝説のコンビニグルメ

十二月中旬に入って寒さがきびしくなった。

アパートは築五十年近いせいで、部屋の窓は閉まっているのに、どこからともなく冷たい空気が忍びこんでくる。まだ夕方の四時すぎだが、窓の外は薄暗い。

創介はリサイクルショップで買ったコタツに入って、音声を消したテレビを眺めていた。テレビの画面では、クリスマス商戦のニュースが流れている。

電気代が惜《お》しいから暖房はなるべくつけず、冬はコタツを使う。学生のころはコタツでゲームをしたり、ネットの掲示板やツイートを見たりするのが楽しかっ

た。けれどもいまは、当時のように没頭できない。

このところ、火野がいった言葉がずっと気になっている。身近な低い山とは、自分にとってなんなのか。いままで自分がやりたいことといえば、きれいな彼女がほしいとか、やりがいがあって高収入の仕事がしたいとか、豪華なマンションに住みたいとか、そんなところだった。

けれども、それらのやりたいことを実現するために、なにをしたわけでもない。求人サイトをチェックしたくらいで、あとは生活に追われていただけだ。あげくにゴーナッツの求人にだまされて、半グレの店で働くはめになった。

不幸中の幸いで、蜂矢はすくないが給料をくれるし、凜花と鱈夫に出会えた。柳刃と火野に出会ったのは、いいことかどうかわからない。が、料理については知識が増えた。

「勉強とは、自分がいかに無知かを知ることだ」

柳刃は以前そういった。

身近な低い山すら見えないのは、自分が無知なせいかもしれない。自分はまだ若いから、なにも知らなくて当然のように思ってきた。しかし歳をとったら自然に知識が増えるわけではない。ゲームやネットに没頭しても、費《つい》やした時間にくらべて得るものはわずかだ。

「自分のために、なにかやらなきゃな」

　創介はひとりごちたが、なにをやるべきなのかはわからなかった。


　その日の開店前、凜花は百円ショップで買ったというクリスマスツリーやリースやモールを持ってきて、創介は飾りつけを手伝った。どれも安っぽいけれど、店内はクリスマスらしい雰囲気になった。

「さすが女の子だね。おれはそんなことに気がまわんなかった」

「マスターもそうよ。ここはバーだっていいはるくせに、雰囲気は大昔のスナックのまんま」

　凜花がキャッチにでかけたら、はじめての客がふたり店に入ってきた。ふたりとも二十代後半くらいのサラリーマンで、忘年会の帰りらしい。

　凜花を呼びもどそうと彼女のスマホに電話したが、話し中らしくつながらず、早く店にもどってとラインを送った。

　ふたりの客は、注文した酎ハイを呑みはじめるまでは上機嫌だった。けれども、まもなくテンションが落ちてきた。凜花はもどってこないし、カラオケもないので間が持たない。

「忘年会は、どこであったんですか」

「最近は寒いですよね」

「歌舞伎町には、よくこられるんですか」

創介はあれこれ話しかけたが、くだらないことしかいえず、場の雰囲気はさらに盛りさがった。相手は年上だけに共通の話題もない。

いまにも帰りそうな雰囲気にはらはらしていたら、ひとりがエビシューマイ、もうひとりが高菜ピラフを注文した。

創介は厨房に入ると、前に柳刃が口にしたレシピを思い浮かべた。エビシューマイを電子レンジで温めながら、酢を小鉢に入れて練りカラシを溶いた。エビシューマイができあがると、カラシ酢を添えてカウンターに持っていった。

柳刃は、いったん加熱した高菜ピラフに手でちぎったスライスチーズを載せ、チーズが溶けるまで電子レンジで温めるといった。

ところが高菜ピラフを加熱してから冷蔵庫を見ると、スライスチーズを切らしていた。ゆうべ蜂矢が飯のおかずに買ってきた辛子明太子があったので、それを箸でほぐして高菜ピラフにまぜ、軽く温めたものを皿に盛った。

「このエビシューマイ、タレがぴりっとして旨いな」

「高菜ピラフも辛子明太が入ってて美味しい。酒のつまみになるぞ」

ふたりの客はエビシューマイと高菜ピラフをシェアして食べている。原価率はすこしあがったけれど、彼らが喜ぶ姿に満足感が湧いた。

やがて凜花がもどってきてカウンターに入った。

「ごめん、遅くなって。広場にいたころの友だちと話してて――」

凜花は珍しく冗談を飛ばして接客したから、ふたりの男は酒が進んで、だいぶ売上げがあがった。ふたりは帰り際に笑顔で手を振って、

「じゃあね、凜花」

「またくるよ、マスター」

ちがうともいえずに顔が火照《ほて》った。凜花が笑って、

「どうしたの、マスター。顔が赤いじゃん」

「凜花こそ、どうしたの。がんばって接客してたけど」

「キャッチばっかかするより、リピーター増やしたほうがいいから」

「そりゃそのほうがいいよ。キャッチだと、どんなお客かわからないけど、常連なら安心だもの。でも凜花って接客好きじゃないだろ」

「広場にいたころ、年上の男のひとが厭になったの。ごはんおごってもらったり、お小遣いもらったりしてたけど、みんな最後はヤリ目《もく》」

創介はなんと答えていいかわからず、口ごもった。男の自分もそういう傾向がないとはいえない。でも、と凜花は続けて、

「広場の子に声かけるひとがそうだっただけで、みんなおなじじゃないんだよね。お客はせっかくお金払うんだから、なるべく楽しませようと思って」

「どういう心境の変化？」

「この前、火野さんがいったでしょ。身近な低い山から登れって」

「うん」

「あたしキャッチは得意だから、接客をもっと勉強したい」

「身近な低い山って、そういうことか」

「でも接客って低い山じゃないと思う。とりま登りやすいけど、てっぺんはすごく高いんじゃないかな」

創介はうなずいた。料理も簡単そうに見えて、てっぺんは高いにちがいない。冷凍食品にすこしアレンジを加えただけで、さっきの客は喜んでくれたが、プロになるのは大変だろう。

今夜も十二時をすぎると客はいなくなった。忘年会シーズンとはいえ、多くのひとびとは終電で帰るから、歌舞伎町の人通りはぐっと減る。

創介はスライスチーズをコンビニで買って店にもどった。冷凍食品のアレンジメニューをスマホで調べていると、蜂矢がきた。長髪をうしろで束ね、濃紺のスーツを着ているから、誰かのアテンドがあったのだろう。

蜂矢はカウンターの椅子にかけ、タバコに火をつけると、

「あー、くたびれた。有名人ってのは、マジでわがままだよな。モデルの子を紹介して、ホテルにお持ち帰りさせてやったら、シャブを持ってこいだとよ。おれはシャブなんかあつかわねえから断ったけど」

「有名人って誰？」

凛花が訊いた。それはいえねえ、と蜂矢はいって、

「週刊誌にすっぱ抜かれたら、大スキャンダルだからな」

ドアが開いて、ローソンのレジ袋をさげた鱈夫が入ってきた。

ようタラちゃん、と蜂矢がいって、

「晩飯買ってきたのか」

「ええ、みんなで食べようと思って」

鱈夫はレジ袋をカウンターに置くと、ビニールの蓋がついたアルミ鍋を六つとりだした。なかには冷凍された肉らしきものが入っている。ビニールの蓋には、味付㊜元祖《がんそ》とホルモン鍋の文字がある。蜂矢がそれを覗きこんで、

「なんだこれは」

「知らないんですか。ローホル」

「ローホル？」

「ローソンで売ってるホルモン鍋です。ぼくはこれ大好きなんで」

「知らねえな。おれはセブンかファミマいくことが多いから」

創介も凜花も知らなかった。蜂矢が続けて、

「どうやって食うんだ」

「蓋をはずして、アルミ鍋をコンロにかけるだけです」

「見た目はいまいちだけど、旨いのか」

「すごく旨いです。ネットでも有名だし、キャンパーに大人気ですよ」

ところで、と鱈夫はいって、

「きょう柳刃さんたちは、ここにくるでしょうか」

「んなこたあ、知らねえよ。きたらどうするつもりだ」

「いつもごちそうになってるから、そのお礼に――」

「あのふたりは食いものに文句が多いから、ああだこうだいわれるぞ。それはホルモン鍋ではない、とか、ホルモン鍋はどこそこが発祥で、とか――」

蜂矢がそういいかけたとき、ドアが開いて火野が顔をだした。

「ホルモン鍋がどうしたって」

蜂矢はタバコの煙にむせて、げほげほ咳《せ》きこむと、

「あ、いえ、その、タラちゃんがホルモン鍋を持ってきて――」

火野に続いて柳刃が入ってきた。おッ、と火野が声をあげて、

「ローホルじゃねえか。旨えぞ、これは」

よかったら食べてください、と鱈夫がいった。

「いつもごちそうになってるんで――」

火野は抱えていた紙袋をカウンターに置くと、柳刃を振りかえって、

「どうします、兄貴」

「ちょうどいい。きょうは牡蠣《かき》と豆腐のチゲのつもりだったから、いっしょに作ろう」

いっしょに作るとは、どういう意味なのか。

柳刃と火野は、六つのホルモン鍋と紙袋を持って厨房に入った。蜂矢がなんともいえない表情でこっちを見て、入口のドアを顎でしゃくった。店を閉めろという意味だ。

創介は電飾看板と足拭きマットを店内に入れてから、厨房を覗いた。柳刃はアルミ鍋の蓋をはずすと、冷凍された中身をとりだし、ガスコンロに載せた大きな鍋に入れていく。

火野は皮を剝《む》いたジャガイモをひと口大に切ると、耐熱皿に載せてラップをかけ、電子レンジに入れた。柳刃はガスコンロに点火してから、薄くスライスしたニンニクを鍋に入れ、白ネギを刻んだ。火野は木綿《もめん》豆腐を賽《さい》の目に切り、冷蔵庫からだした辛子明太子をほぐしている。

柳刃は大ぶりの牡蠣をボウルに入れて塩を振り、

「酎ハイのグラスを六つだしておけ」

こっちを見ないでいった。はい、と答えたら、

「氷をたっぷり入れてマドラーで軽くまぜろ」

カウンターにもどっていわれた作業を終えたとき、火野が小鉢を六つとレモン

を載せた皿を運んできた。レモンは縦半分に切ったものと、くし形に切ったものがある。小鉢に入っているのはポテトサラダのようだ。火野はスクイーザーと呼ばれる絞り器にレモンをあてがうと、ゆっくり押しつけて周囲を揉んだ。

「レモンは強く絞ると、皮の油分が汁に混じって苦味がでる」

火野はキンミヤ焼酎を棚からとって、

「と兄貴がいってた」

そうつけ加えてから、グラスに四分の一ほど焼酎を注いだ。そこにレモン汁を入れると、冷やした炭酸水の栓を抜き、グラスのふちから静かに注いでいく。

「炭酸水が氷にかからないよう注ぐのがコツだ。氷にあたると泡がたちすぎる。と兄貴がいってた」

これはレモン酎ハイですか。創介が訊いた。

「レモンサワーともいうな」

火野はそういって、グラスのなかでマドラーを上下させるようにまぜた。ぐるぐるかきまぜないのがコツらしい。いつのまにか蜂矢と凜花と鱈夫がそばにいて、火野の手元を見つめている。くし形に切ったレモンをグラスに入れると、六杯のレモンサワーができあがった。同時に厨房から柳刃の声がした。

「できたぞ。持っていけ」

ホルモン鍋の中身は、いったんとりだしたのにアルミ鍋にもどっていた。アルミ鍋は皿の上に置かれ、箸が添えてある。ふちからこぼれそうなほど具材が盛りあがり、刻んだ白ネギがたっぷり載っていた。

みんなはレモンサワーと料理をボックス席に運び、いただきますと合掌した。

まずレモンサワーを呑んでみると、雑味のないきりっとした味わいで、カラオケボックスで作っていたシロップ入りのとはぜんぜんちがう。

続いてホルモンをひと口食べたら、歯ごたえはやわらかく、こってりした旨みがあとをひく。居酒屋でできても違和感がない味に、

「コンビニで買った冷凍食品とは思えないな」

そうつぶやいたら、ね、と鱈夫が微笑した。

「そのままでも旨いのに、柳刃さんが手を加えたから、もっと美味しくなった。ホルモンに白ネギがあうし、ニンニクのパンチがすごい」

「ナガラ食品のホルモン鍋は、マジで旨い。原材料は豚の小腸――豚モツだが、この味つけがいいんだよな」

と火野がいった。ナガラ食品って会社が作ってるんですね。創介が訊いた。

「ああ。これで四百円ちょいは安いだろ。でもローソンでしか買えねえ」

「さっき厨房で見たとき、ホルモン鍋の中身はべつの鍋で煮てましたけど――」

「ここのガスコンロは二口しかねえからな。兄貴は大きな鍋で煮たあと、具をアルミ鍋にもどして、ひと煮立ちさせたんだ」

蜂矢と凛花は黙々と箸を動かしている。シャクシャクした白ネギ、汁がしみたニンニクをホルモンと食べたら、さらに旨さが増す。味は濃いめだが、豆腐が箸休めになるので飽きがこない。

そのうえ牡蠣がとんでもなく旨い。ぷりぷりした食感で、磯《いそ》の香りとコクのある汁が口のなかにあふれだす。実家にいたころ、父が牡蠣鍋を作ったが、牡蠣の身が縮んで、どこにあるのかわからなくなった。

創介がそれをいったら、柳刃が口を開いた。

「牡蠣を縮ませないようにするには、下ごしらえが必要だ。まず海水とおなじ塩分濃度――三・五パーセントくらいの塩水をボウルに入れて、牡蠣を洗う」

「なぜ海水とおなじ塩分濃度なんですか」

「浸透圧によって、牡蠣によけいな水分を吸わせないためだ。牡蠣を洗って汚れを落としたらザルにあけて流水ですすぎ、キッチンペーパーで水気をとる。そのあと全体に片栗粉《かたくりこ》をまぶす。片栗粉が膜になるから、牡蠣を調理しても旨みや水分を逃がさない」

創介はホルモン鍋をひと休みして、ポテトサラダに箸を伸ばした。まだ温かくてホクホクしたジャガイモに、ほぐした辛子明太子が混ざっている。ポテトサラダにマヨネーズがあうのは当然だが、辛子明太子とマヨネーズも相性がいいから旨さの相乗効果で、絶品というべき味わいだ。

やばいやばい、と凜花がつぶやいて、

「鍋もポテサラも美味しすぎて、やばい」

「このポテサラ、鍋の付けあわせに最高だよね」

と鱈夫がいった。なんでこんなに旨いんだ、と蜂矢がいって、

「具はジャガイモと辛子明太だけなのに」

「あたしもそれが謎。コンビニやスーパーのとはレベチだもん」

「ポテトサラダは、作りたてが旨い」

と柳刃がいった。

「作ってから時間が経つと、ジャガイモのでんぷんが劣化して、パサついた食感になる。コンビニやスーパーのポテトサラダはそれを防ぐために添加物を使うが、

作りたての味にはおよばない」

　これを作るコツは？　創介が訊いた。

「ジャガイモはホクホクした食感の男爵イモを使う。皮を剝いて芽をとったら、ひと口大に切り、耐熱ボウルに入れて、ゆるめにラップをかける。竹串か爪楊枝がすんなり入るまで加熱したらフォークで潰す。ジャガイモは熱いうちが潰しやすいが、イモの食感を残したほうが旨い」

「なるほど」

「マヨネーズは熱で分離しないよう、粗熱がとれてから入れる。マヨネーズの量は具材が十に対して二の割合だ。あとは、ほぐした辛子明太子とコショウをまぜたら完成だ。好みで、刻み海苔や大葉を散らしてもいい」

　創介はホルモンと牡蠣の鍋、辛子明太ポテトサラダを交互に食べた。レモンサワーのさわやかな味わいが舌をリセットするから、食欲が湧く一方だ。ふと汁が飲みたくなってアルミ鍋のふちに口をつけようとしたら、

「待て待て待てィ」

　火野がストップをかけるように掌《てのひら》を突きだした。

「な、なんですか」

「その汁はシメに使うんだ。すこししか飲むなよ」

「シメって、どんなの」

凜花が訊いた。ふふふ、と火野は笑って、

「牡蠣と豆腐のチゲに使う予定だったキムチがある。そのキムチを使ってクッパにする。熱々の汁を飯にかけて、韓国海苔とキムチを――」

考えただけで旨そうだから、ごくりと唾を飲んだとき、どこかでスマホが鳴った。蜂矢が電話にでるなり、なんですってッ、と大声をあげた。

「すぐいきます」

蜂矢は血相を変えて外へ飛びだしていった。


翌日は暗くなったころから雨が降りだした。

どうせ寒いから雪になったほうがいいのに、歌舞伎町のネオンは雨に煙っている。このまま降り続いたら店はひまだろう。

創介は開店の準備をすませ、ボックス席のソファで休憩した。蜂矢はゆうべ飛びだしていったきりだが、なにがあったのか。

柳刃たちは蜂矢のことを気にする様子もなく、シメのクッパを作った。ふたりはホルモン鍋の残った汁にコチュジャンと少量の湯を足して、ひと煮立ちさせた。そこに電子レンジで温めたパックご飯を入れてゴマ油を垂らし、手でちぎった韓国海苔とキムチを載せると完成だった。

作りかたは簡単だったが、ホルモンと牡蠣のダシがしみた熱い飯に、辛くてコクがあるキムチ、パリッと香ばしい韓国海苔が加わって最高に旨かった。

「味変で玉子を落としたり、チーズをまぜたりしても旨いぞ」

火野がそういったときには、もう食べ終えていた。蜂矢のぶんは冷ましてから密閉容器に入れて冷凍庫にしまった。

鱈夫は自分が持ってきたホルモン鍋が好評だったせいか、いつになくはしゃいでいて、料理人になりたいといいだした。火野が渋い顔で、

「料理人の世界は甘くねえぞ。兄貴だって素人なんだ」

「でも、いまバイトしてる中華屋は美味しくないのに繁盛してます」

「立地がいいとか値段が安いとか、味以外の理由があんだろ。料理人がいねえファストフードだって繁盛してる」

「ってことは美味しいレシピがあって、それを大量生産できて利益をだせれば、料理人はいらないってことでしょうか」

「フードビジネスでの成功を目指すならな」

と柳刃はいった。

「しかし料理はレシピや技術だけではない」

「というと――」

「ひとの味覚は心理状態に左右される。怒ってるときや悲しいときは、いかに美味しい料理だろうと味わうゆとりがない。反対に幸せなときは、なにを食べても旨く感じる」

「それはそうですね」

「本物の料理人は客を幸福にする。料理とは空腹だけでなく、心を満たすものだ」

創介は、エビシューマイと高菜ピラフを食べた客を思い浮かべた。

冷凍食品をほんのすこしアレンジしただけで、あのふたりは喜んだ。心を満たすというほどではないけれど、自分の気持が伝わったから、美味しく感じられたのかもしれない。

ゆうべのことを考えていたら、ドアが開いて凜花が出勤してきた。鮎川千春がいっしょにいて、凜花とそこでばったり会ったの、といった。

「どんなお店か、見せてもらおうと思って」

千春は地味なナチュラルメイクだが、パーカーはきょうもオレンジ色だ。彼女はボランティアだから、目立つオレンジ色を着ているのだろう。

千春は店内を見まわして、ずいぶんレトロな店ね、といった。

「こういう雰囲気は好きだけど、マスターはまだ若いんでしょ」

「若くないよ。二十九だもん」

と凛花がいった。千春は笑って、

「わたしも若くないね。マスターと同い年だから」

「あ、そういう意味じゃないよ。ちはるんはめっちゃ若い」

「いいよ。若く見られたいと思わないもん。それより広場の子たちが最近やばいの。半グレに強盗させられたり、オレオレ詐欺の受け子をやらされたり――麻薬の売人してる子もいる」

「そんなの、前からあったじゃん」

「あったけど、前はお金ほしさに自分からそういう方向へいく子が多かった。でも最近は、半グレたちに無理やりやらされてるの」

「半グレって、東京リッパーズとか？」

「うん。歌舞伎町には、いくつか半グレ集団がいるけど、東京リッパーズは最悪。小学生や中学生でも食いものにしちゃうから」

凜花がちらりとこっちを見た。この店のマスターが東京リッパーズの幹部なのは、千春に話していないらしい。千春は溜息をついて、

「広場に長くいる子は仲間がいるし、警察やわたしたちに助けを求めやすい。でも家出してきた子は、なんにもわかんないから、すぐだまされちゃう。ついこのあいだも広場の近くで――」

中学二年の女の子が、東京リッパーズの男たちに連れ去られそうになった。それを見た千春が止めに入ったら、そのうちあいさつにいく、とおどされた。警察に連絡したが、男たちは姿をくらましたという。

「ちはるん、気をつけてね」

「わたしは大丈夫。あんな奴らには負けないから」

千春はそういってから、こっちを見ると、

「創介くん、だっけ。凜花から聞いてるよ。毎日仕事がんばってるって」

「そんなにがんばってないですけど――」

「こんどゆっくり呑みにくるから、美味しいおつまみ作ってね」

創介は、ぎごちなくうなずいた。

「小中学生が歌舞伎町にいて、警察に補導されないのかな」

千春が帰ったあとで凜花に訊いた。

「補導されるよ。でも家にいたくないから、すぐもどってきちゃう。あたしもそうだった」

「おれも実家には帰りたくない」

「なんで」

「おやじとケンカになるし、田舎だから就職先もないし」

しかし実家がある山口でも求人がないわけではない。わざわざ上京して専門学校に入ったのは、漠然と東京にあこがれていたからだ。実際に東京で暮らしてみると、そんなあこがれはしだいに薄れ、孤独を感じるようになった。が、孤独だからこそ、ひととのつながりを求めて東京を離れられないのかもしれない。

雨のせいで、やはり今夜はひまだった。

凜花は何度かキャッチにいったが、客を捕まえられずにもどってきた。

鱈夫はいつもどおり十二時すぎに顔をだした。中華料理店のバイトを年内で辞

めるという。創介がわけを訊いたら、もともと短期のバイトだったと答えて、

「皿洗いと掃除しかやらせてもらえないから、なにも身につかないし」

「次はなにするの」

「わかんない。でも歌舞伎町で働きたいから飲食かな」

「歌舞伎町にこだわるね」

「うん。この店もあるから」

あたしもここが居心地いい、と凜花がいった。

「うちにいると疲れる」

「うちってマンション？」

鱈夫が訊いた。シェアハウス、と凜花は答えて、

「最近シェア疲れかも」

「シェア疲れって、どういうの」

「うちは女子ばっかなんだけど、トイレとかお風呂とか共有スペースで、ほかのひとに気を遣うの。昼間働いてるひとが多いから、夜はそーっと帰んなきゃいけない。洗いものを流しにほったらかしたり、リビングをちらかしたり、ゴミ捨てを手伝わなかったり、問題があるひともいるし」

「個室はあるんでしょ」

「あるけど、せまいし音が筒抜《つつぬ》け。あと冷蔵庫の食べものとか飲みものに名前書くとか、洗濯機使えるのは昼間だけとか、いろいろめんどい」

「シェアハウスって大変なんだ」

「ほかのひとと交流できて、仲よくなれたら楽しいだろうけど、あたしは昼もバイトで留守が多いから」

「べつのところに引っ越せばいいのに。ぼくが住んでるアパートは、おんぼろで風呂もないけど、そんなに気を遣わなくていいよ」

「そのうちね。いまはお金が必要だから無理だけど」

凛花は昼も夜も働いているが、なぜそんなに金が必要なのか。創介がそれを訊こうとしたとき、雨でずぶ濡れになった蜂矢が入ってきた。ゆうべとおなじスーツはよれよれで、くたびれた顔だ。

「どうしたの、マスター」

「大丈夫ですか」

凛花と創介が口々に訊いた。

蜂矢はボックス席のソファに腰をおろして、

「ジャックをボトルごとくれ。氷とグラスもだ」

蜂矢はジャックダニエルのロックを立て続けに三杯も呑んで、太い息を吐いた。

なにがあったのか訊くと、有名人のアテンドでトラブルが起きたという。

なんで、と凜花が訊いた。

「そのひとは、モデルの子をお持ち帰りしたんでしょ。アテンドはそれで終わりじゃないの」

「そいつがホテルから電話してきて、シャブ持ってこいっていった」

「それはもう聞いた。断ったっていったじゃん」

「でも、そいつはべつのツテからシャブの売人を呼びやがった。その売人は一筋会の息がかかった奴で、有名人がいま女とホテルにいるって組の幹部にチクったんだ」

「一筋会は東京リッパーズのバックについてるんでしょ」

「いろいろ裏があるんだよ。で、その幹部の野郎は、手下の組員と売人をホテルの部屋に乗りこませ、有名人を恐喝した。有名人は女房子どもがいるのに、モデルと不倫したうえにシャブをキメてるって証拠を押さえられて、手も足もでなくなった」

　有名人は蜂矢に泣きついてきたが、一筋会幹部は証拠の動画や画像を持っている。それをマスコミに流されたら、有名人の社会的生命は終わるので、どうすることもできない。

「いま、おれの上と一筋会の幹部が話しあってる。なんとか無事におさまってくれりゃいいが――」

「悪いのはマスターじゃなくて、その有名人と売人と一筋会の幹部じゃん」

「一筋会も東京リッパーズも一枚岩じゃねえ。どっちも幹部どうしで内輪《うちわ》揉めしてる。おれは、それに巻きこまれたんだ」

「どうするの、これから」

「話しあいの結果を待つしかねえ。カタがつくには、しばらくかかるだろうが」

　三人が帰るときも、蜂矢はボックス席で呑み続けていた。創介は、ゆうべのクッパが冷凍庫にあると伝えて店をでた。

⑤ 寒い夜もポッカポカ。日本酒にあう絶品うどん

その日を境に、蜂矢は早い時間から店にいるようになった。

アテンドの仕事はしていないらしく、ほとんど外出もしない。いままでは顔見知りしか接客しなかったが、一見の客でも愛想よく相手をする。

蜂矢は以前ホストだったというだけあって、場を盛りあげるのが上手で、客を退屈させない。創介はすっかり感心して、

「トーク力がすごいですね。どうして、いままで接客しなかったんですか」

「ほかのことで忙しかったからな。ここで儲けたってタカが知れてる」

儲かんなくてもいいじゃん、と凜花がいった。

「半グレから足を洗ったら、ここでがんばろうよ」

「ちまちま商売すんのはかったるいけど、それも悪くねえな」

蜂矢はまんざらでもない表情でいった。

凜花も接客をがんばっているから、店の雰囲気が明るくなった。創介は店内をこまめに掃除してグラスを磨きあげたが、壁にびっしり貼られた古い写真やトイレの黄ばんだ短冊を剝がしたくなった。蜂矢に剝がしていいか訊いたら、

「まだそのままでいい」

眉間に皺を寄せたから、理由は訊かなかった。

ほんとうはヒビが入った電飾看板やＷＥＬＣＯＭＥと書かれた足拭きマットやフォークとナイフのイラストがついた暖簾に加えて、店名も変えたかった。そんなことを考えるのは、われながら意外だった。

東京リッパーズの奴らが怖いから、はじめはしぶしぶ働いていたのに、いつのまにか意欲がでてきた。その理由は自分でもはっきりしないが、生まれてはじめて仕事が楽しくなった。といって接客に自信はないから、つまみや料理を充実させたい。蜂矢にそれをいったら、

「ローホルのクッパがいいな」

「あ、冷凍してたの食べたんですね」

「ああ。あの晩は凹《へこ》みまくってたけど、それでも旨かった」

「じゃ柳刃さんのレシピで作ったローホルをつまみでだして、シメにクッパ」

「それで四千円はとれるな」

「高すぎます」

「冗談だよ。ただ、いまのごたごたがおさまらなきゃ、先のことは考えられねえ。おれの上は、マジやべえ男だからな」

創介は赤いレザーのスーツを着た大男を思い浮かべた。ツーブロックの金髪、眉毛がなく腫れぼったい目。あの男の異様な眼光は、いまも忘れられない。

「おれの上って、マスターが社長って呼んでたひとですか」

「熊神将星《くまがみしょうせい》。歌舞伎町のゴッドって呼ばれてる」

「歌舞伎町のゴッド――」

「あいつには誰も逆らえねえ。逆らった奴は、いつのまにか消えちまう。いままでに何人も殺してるって噂《うわさ》だが、証拠がないから警察も手がだせねえんだ」

殺人までするような男だと知って、背筋が寒くなった。蜂矢は続けて、

「もうひとり、首にタトゥー入れた奴がいただろ」

「ええ」

「あいつは蛇沼大我《へびぬまたいが》っていって熊神の側近だ。ストリートファイト三百戦無敗で、マムシの大我って呼ばれてる」

蛇沼大我は日サロで焼いたような真っ黒な顔で、首筋に蛇のタトゥーがあった。

しかし蜂矢はいちおう幹部だし、蛇沼は熊神の側近なのに、なぜ自分のような青二才の拉致に関わったのか。蜂矢にそれを訊くと、

「あのときは見張り役が足りなかったんだ。熊神はとにかく金に汚ねえから、セコイ仕事も押しつけてきやがる」

蜂矢によると、半グレ集団は暴力団ほど組織的ではないが序列があり、上層部とその手下と末端にわかれている。上層部はヤクザや仲間たちから金になりそうな情報を仕入れ、手下にそれを伝える。手下は犯罪の計画をたてて末端に指示し、オレオレ詐欺や窃盗などの犯罪を実行させるという。

「オレオレ詐欺や窃盗がメクれたら、末端は切り捨てる」

メクれたらって？　創介が訊いた。

「警察《サツ》にばれたらってことさ。捕まるのは、いつも末端の奴さ。たまに手下も捕

まるけど、上層部はトカゲのシッポ切りで逃げ切っちまう」

「おれも末端をやらされるところだったんですね」

「ああ。あいつらは、いつもネットで末端要員を探してる。前はSNSや掲示板で闇バイトを募集していたけど、最近はおまえがひっかかったみたいに、ふつうの求人サイトも使う」

半グレの汚いやりかたに、あらためて憤りをおぼえた。

その日の午後、創介が部屋でコタツに入っていると、スマホが鳴った。画面を見たら火野だった。なんの用かと不安になったが、無視したらあとが怖い。

大きく息を吸って通話ボタンをタップしたら、

「牛の頰肉を一キロ」

火野はいきなりそういった。

「牛の頰肉？」

「でかい肉屋で売ってる。それと白ネギとショウガを買え」

「――わかりました。買っておけばいいんですね」

「買うだけじゃねえ。店で煮こむんだ。いまからいうことをメモしろ」

創介はスマホをスピーカーフォンに切りかえると、メモアプリを立ちあげた。

「まず牛の頬肉を三センチほどに切って、鍋で水から茹でる。沸騰して一分ほど経ったら頬肉をザルにあけ、湯を流しなら洗う。ここまではいいか」

「どうして水から茹でて、洗うんですか」

「兄貴がいうには、肉の臭みやよけいな脂を落とすためらしい」

「わかりました」

「次に洗った鍋に頬肉をもどし、そこに醤油を一、酒を一、みりんを一の割合で入れ、砂糖をすこしと水を四くらい入れる」

「すこしとか四くらいとか、よくわからないんですが」

「途中で味見しろ。旨けりゃ、それでいいんだ。あとは白ネギの青いところとショウガをひとかけら入れて、アクをとりながら強火で煮る。煮立ったら弱火にして二時間くらい煮る。わかったか」

まだよくわからないけれど、はい、と答えて電話を切った。

創介は買物をすませて早めに店へいき、いわれたとおりに牛の頬肉を寸胴《ずんどう》鍋で煮こんだ。途中で煮汁を味見すると、甘辛くて牛丼のような味だった。

蜂矢になにを作っているのか訊かれて、

「わかりません。火野さんに頼まれただけで」

「なんにしても、あのふたりは今夜くるってことだな」

凜花は喜んで、なに作るんだろ、といった。

「牛の頰肉なんて食べたことない。楽しみー」

鱈夫はいつもの時間にくるだろうが、いちおうラインで知らせておいた。

十二月下旬になって、歌舞伎町は連日にぎわっている。

ニュー来夢のある路地にもひとが流れてきて、今夜は一見の客が三組もきた。ひと組は三十代のカップルで、九時くらいから店にきて十二時半になっても吞んでいる。そろそろ柳刃たちがくるが、強面《こわもて》のふたりと顔をあわせたら、カップルは怖がって店の印象が悪くなる。

どうしようかと悩んでいたら、カウンターの隅で麦焼酎の水割りを吞んでいた鱈夫が、柳刃さんたちって、と小声でいった。

「ほかにお客がいないときしかこないね」

そういえばそうだな、と創介はいって、

「でもタラちゃんは、いつもいるじゃん」

「あ、そっか」

それからすこししてカップルは帰ったから、ほっとした。まもなく柳刃と火野が店に入ってきた。いつもより大きな紙袋をふたつも抱えた火野は、

「きょうも寒いなあ。でも、あとから激アツになるぜ」

にやつきながらいうと厨房に入った。柳刃も上着を脱ぎ、当然のように厨房に入った。凜花はそれを見て、自分ちみたい、といった。蜂矢は苦笑してタバコを吸いはじめた。

創介は電飾看板と足拭きマットをしまってから、厨房のドアをそっと開けた。火野は寸胴鍋をまた加熱しており、オタマで汁をすくって味見すると、こっちを見て親指を立てた。味つけに問題はなかったようで、胸を撫《な》でおろした。

続いて火野は昆布と水を片手鍋に入れた。そのあと大ぶりな椎茸《しいたけ》の軸を手でひねるようにはずし、ヒダを上にしてアルミホイルの上にならべている。

柳刃は水を張ったボウルで乾燥ワカメをもどし、エノキの石づきを切り、残りを二等分した。五分ほど経って、もどしたワカメの水気をザルで切り、包丁でひと口大に刻んだ。次にフライパンにゴマ油をひき、ワカメとエノキを炒めた。

火野は椎茸にバターとスライスチーズを載せて、アルミホイルごとオーブント

ースターに入れ、タイマーをセットした。柳刃はワカメとエノキに醬油をまわしがけし、削り節をまぶして菜箸でかきまぜながら、

「小鉢をくれ」

急いで小鉢を六つ持っていくと、柳刃はそれにワカメとエノキを盛った。まもなくオーブントースターがチンと鳴り、火野が椎茸をとりだした。椎茸にかかったチーズがくつくつ煮えている。

「さあ食うぞ。早く持ってけ。最初はビールだ」

創介たちは手わけして、ボックス席に料理と瓶ビールとビアグラスを運んだ。柳刃と火野は厨房にいるから、瓶ビールは創介が注いだが、うまくできた。柳刃と火野がボックス席にくると、もはや恒例になった謎の宴《うたげ》がはじまった。

凜花が椎茸にかぶりついて、あちちち、と声をあげ、

「でも、すんげえ美味しい」

「椎茸って、こんなに旨いものだったんだ」

と鱈夫がいった。創介も椎茸といえば煮物に入っているくらいの印象しかなかったが、食べたとたん思わず声をあげた。

「うまッ」

熱くてとろとろのチーズとバターの味が舌に広がったと思ったら、肉厚の椎茸から、じゅわっと汁がにじみでる。味つけはチーズとバターだけなのに、旨みがすごい。

次にワカメとエノキに箸を伸ばした。炒めたワカメははじめて食べたが、これも信じられないほどの美味だった。味噌汁の具のワカメとちがって、嚙むほどに味わいが深くなる。ゴマ油と醬油と削り節の風味、エノキの旨みがワカメとマッチしてビールが進む。

さっき作りかたを見てましたけど、と創介はいった。

「あれだけで、これとおなじ味に――」

「なるぜ。ただ椎茸は、これくらい大ぶりで肉厚でねえとな」

火野がそういって柳刃に目をむけた。柳刃はビールを吞み干すと、

「きょうはガスコンロがふさがっていたからオーブントースターを使ったが、椎茸はフライパンで焼いたほうが、たっぷり汁がでる。それを塩だけで食うのも旨い。ワカメも春が旬の生ワカメを使えば、もっと旨くなる」

ワカメも椎茸も、ふだん脇役って感じだけど、と蜂矢がいって、

「これなら主役張れるっすね」

でも、と火野がいって立ちあがり、

「きょうの主役はこれからだぜ」

また厨房に入った。柳刃があとに続く。また厨房を覗いたら、火野が牛の頰肉の代金といっしょに日本酒の一升瓶を押しつけてきた。

「こいつを吞みながら、ちょっと待ってろ」

一升瓶は冷蔵庫に入れていたらしく、ひやりと冷たい。黒いラベルに「山法《やまほう》師《し》」と赤い筆文字があり、その右側に「純米爆雷辛口」左側に「原酒生酒」と書かれている。なんだかものものしい名前だと思いつつ、グラスをだしてボックス席にもどり、みんなに注ぎわけた。

日本酒はコンビニで買った紙パックしか吞んだことがない。甘ったるくて口にあわなかったが、これはちがった。ふくよかな香りでフルーティな甘みがあるのに、後味はすっきりして舌に残らない。う–ん、と蜂矢がうなって、

「ポン酒なんて、めったに吞まねえけど、こんな旨いのがあるんだな」

「あたしもほとんど吞んだことない。でも、これって超エモい」

こういうの辛口っていうんだよね、と鱈夫がいった。

「口あたりはやさしいのに、あとからじわっと辛さがくる」

椎茸とワカメは和の食材のせいか、この日本酒を呑みながら食べると旨さが際立つ。残りすくなくなった料理を惜しむように、ゆっくり食べていたら、火野の声がした。

「できたぞー。とりにこい」

急いで厨房にいくと、六つの丼が湯気をあげていた。丼の中身は、牛の頬肉を山盛りにしたうどんだった。具材はほかに、おろしたショウガと刻んだ青ネギがたっぷりと粗挽きの赤唐辛子が載っている。ツユは黒っぽくて麵は太い。自分が煮こんだ牛の頬肉が、うどんに使われるとは思わなかった。

六人はボックス席のテーブルを囲んだ。柳刃と火野は日本酒をあおると、ショウガをちょっぴり載せた牛の頬肉をつまんだ。

「これは、そうやって食べるんですか」

創介が訊いた。決まりはねえ、と火野がいって、

「好きなように食いな」

「しかし日本酒にうどんって珍しいですね」

「このうどんは酒のアテになるんだよ。もっとも甘い日本酒じゃだめだ。いま呑んでるのは、プラス二十八度だ」

「プラス二十八度って――」

「日本酒はゼロを基準に甘口をマイナス、辛口をプラスであらわす」

と柳刃がいった。

「厳密な定義はないが、プラス六以上が大辛口、プラス十以上が超辛口とされている。これは日本でいちばん辛口の酒だ」

日本一辛口の日本酒だから、料理の味を邪魔しないのだろう。

創介は柳刃たちのまねをして、ショウガを載せた牛の頬肉を口に運んだ。次の瞬間、いままで経験したことのない味わいに驚嘆した。ほろほろにやわらかく、濃厚な旨みがある牛の頬肉。ぴりりと辛く香り高いショウガ。ふたつの取りあわせが絶妙で、日本酒を呑まずにいられない。

続いてうどんを啜ってツユを飲んだら、さらに驚いた。うどんはコシがなく嚙むとすぐ切れるが、カツオと昆布のダシがきいた甘辛いツユとの相性は抜群だ。食べるにつれて、ツユに溶けだしたショウガ、たっぷりの青ネギ、粗挽きの赤唐辛子の辛みも増してくる。それがまた旨くて箸が止まらない。

鱈夫は日本酒がきいたのか顔を赤くして、

「旨い旨い旨い」

うわごとのようにつぶやいている。凜花は日本酒をがぶがぶ吞んでは牛の頬肉とうどんを食べ、あたしうどん舐《な》めてた、といった。

「いままでラーメン派だったけど、このうどんなら毎日食べられそう」

このうどんは、たしかに酒のアテになるっすね、と蜂矢がいった。

「麵にぜんぜんコシがないのに旨い」

コシがないから、伸びても気にならねえだろ、と火野がいった。

「このやわらかい麵が、濃いめの味つけにあうんだ」

「そうなんっすよ。これって柳刃さんが考えたんすか」

いや、と柳刃がいって、

「北九州発祥の肉うどんだ。北九州には、この肉うどんの専門店がたくさんあって、早朝から店を開けている」

朝早く仕事にいく住民たちは、肉うどんと鶏を炊きこんだ「かしわめし」で腹ごしらえをするのが定番だという。牛の頬肉は硬いせいで、かつては使い道がなく捨てられていたが、住民たちは長時間煮こむことによって食用にした。

「それにショウガを添えて、うどんに載せることで、この味が生まれた。うどんは消化にいいし、牛の頬肉でタンパク質がとれ、おろしたてのショウガで体が温まる。早朝から働くひとにとっては理にかなった料理だ」

「このショウガ、チューブのとはぜんぜんちがいますね」

と創介がいった。ショウガはおろしたてがいちばん旨い、と柳刃がいった。

「すりおろして時間が経つと変色し、味も香りも落ちてくる」

「肉うどん、ぼくも作ってみたいです」

と鱈夫がいった。おれも、と創介はいって、

「牛の頬肉の煮こみかたと味つけは火野さんに聞いたけど、うどんとツユはどうやって——」

「うどんは北九州や福岡の麺を取り寄せたほうが本場の味に近いが、スーパーで売ってる冷蔵のうどんでもいい。ツユはダシ昆布を水に三十分ほど浸したあと、中火にかけて沸騰する直前にとりだす。続いて醬油とみりんを二対一の割合で入れ、少量の塩で味を調整する。そのあと火を止めて鰹節を入れ、三分ほど経って鰹節が底に沈んだら、目の細かいザルで漉《こ》す。きょうは椎茸の軸があまったから、石づきを落としてダシをとった」

鰹節のかわりに、煮干しや飛魚《とびうお》のアゴダシを使っても旨いという。

この肉うどんってさあ、と凜花がいって、

「家庭の味って感じがする。朝早く仕事にいくおとうさんのために、おかあさんが前の晩からことこと煮こんだみたいな――」

うん、そんな感じ、と鱈夫がいった。

「ぼくんちは毒親だから、家族団欒《だんらん》とかなかったけど」

おいおい、と火野がいって、

「自分の親を毒親なんていうなよ」

「ぼくだっていいたくないけど、うちはほんとにひどいんです」

鱈夫は酒に酔って暴力をふるう父親や、別居中で新興宗教にはまった母親のことを話した。高校をでて勤めた自動車工場では同僚たちからいじめられ、上京してからもホストクラブでいじめに遭ったことも口にして、

「ぼくは背が低いし顔もよくない。鱈夫って名前も変だから、いじめられてもしようがないんですけど」

「そんなこたあねえ。どんな理由があろうと、いじめる奴はクズだ」

「あたしのママも、男に走って変わっちゃった。パパが事故で死ぬまでは、もうちょっとまともだったのに」

「歌舞伎町に集まってくる若い奴は、みんな自分の居場所を探してるんだよ」

と蜂矢がいった。凜花がうなずいて、広場の子たちもそう、といった。

「家や学校で居場所がなくなった子が、広場に集まってくる。でも、あたしみたいにクスリでパキったり、パパ活でお金もらったり、まともな生活できない子も多い。ウリやってメンタル病んじゃう子もいる」

「居場所がほしいのはわかるけど、なんで自分を大切にしねえんだ」

火野が訊いた。うーん、と凜花はいって、

「自分は誰からも必要とされてないんだ、って思うの。だから、もうどうなってもいいやって――」

「誰からも必要とされてないと思うのは、他人になにかを求めてるからだ」

と柳刃がいった。他人になにかを求めてるから？　凜花が首をかしげた。

「なにかって――」

「愛情であったり金であったり尊敬であったり、ひとそれぞれだ。いずれにせよ他人になにかを求めている限り、成長はない」

「どうして？」

「他人になにかを求めるのはたやすいが、学びがないからだ」

「じゃあ、どうすれば――」

「他人ではなく、自分に求めるんだ」

「え？　よくわかんない」

「やわらかくて旨い肉が食べたいというばかりでは、この肉うどんは作れない。かつては捨てられていた牛の頬肉を旨くするには、どうするか。庶民が知恵を絞ったからこそ、地元で親しまれる料理になった」

「もっと自分のことを考えろって意味？」

「朝早くから仕事へいく夫のために、妻が前の晩から煮こんだというのも、おなじことだろう。夫や家族への思いやりが家庭の味だ。誰からも必要とされてないと嘆くより、自分が誰かの役にたったほうが気持が晴れるんじゃないか」

「うん――ちょっとわかったかも」

ぼくも誰かの役にたちたいって気持はあります、と鱈夫がいった。

「でも、なにをやっても、みんなみたいにうまくやれなくて――」

「自分を他人とくらべるから劣等感をおぼえる。自分の意思で変えられないことを悩むのは時間のむだだ。古代ギリシャの哲学者、エピクテトスはこういった」

柳刃はそこでひと呼吸おいて、

「幸福への道は、ただひとつしかない。意思の力でどうにもならない物事は悩まないことである」

「――たしかに身長や見た目はどうにもなりませんね。そんな言葉があるってことは、昔のひともおなじように悩んでたんでしょうか」

「エピクテトスが生まれたのは約二千年前、奴隷出身で体が不自由だった。しかしエピクテトスの哲学は、現代でも世界のひとびとに影響を与えている」

「すごい。そんなハンデがあったのに」

男はなあ、と火野がいって、

「自分の生きかたが見た目を作るんだ」

「そんなもんでしょうか」

「兄貴とおれを見ろ。生まれつき、こんな顔だったと思うか」

鱈夫と凜花が笑った。蜂矢はなにか考えこんでいた。

みんなは料理をたいらげ、一升瓶も空になった。日本酒と肉うどんのショウガのおかげで、体がぽかぽかする。火野があとから激アツになるといったのは、このことだろう。いい気分でぼんやりしていたら、ドアが開く音がした。

鍵をかけるのを忘れていたから、客がきたらしい。創介は腰を浮かせて、もう閉店——といいかけたが、途中で言葉に詰まった。

店内に入ってきたのは、短髪で背の低い男だった。光沢のあるグレーのスーツを着て、額から眉間にかけて深い傷跡がある。

「おじさん——」

凜花がつぶやいた。おう、と大膳光士郎はいって、

「ちょっと邪魔するばい」

カウンターの椅子にかけ、こっちをむいた。表情はおだやかだが、据《す》わった目は鳥肌が立つほど恐ろしい。蜂矢は顔をこわばらせ、どんよりと鱈夫は口を半開きにしている。

「やっと会えたの」

大膳はしわがれた声でいった。

「柳刃さん、火野さん、ずいぶん捜したばい」

「なんの用だ」

火野が眉をひそめて訊いた。

「毒島《どくじま》組組長、毒島誠《まこと》を知っとうの」

「さあな——もう忘れたぜ」

「なら思いださせちゃる。毒島は芸能プロの社長と組織犯罪対策課の刑事《デカ》と組んで、中国から二トンのシャブを密輸した。しかし潜入捜査官と麻薬取締官《マトリ》の女に逮捕されて、ムショにぶちこまれた。これでも思いださんかい」

「それが、てめえとなんの関係がある？」

「毒島は、わしの兄貴分じゃ。わしが一筋会の盃《さかずき》もろたのも、あのひとのおかげばい。ろくでもない兄貴やったが、わしはなんべんか命ば助けてもろた」

「てめえの昔話を聞いてるひまはねえ。とっとと帰れ」

「ひと月前、毒島はムショで死んだ」

大膳はそういってから、自殺たい、とつけ加えた。

「毒島の姐《ねえ》さんに聞いたところやと、あんたらに報復《かえし》ばせな、気がおさまらんちいうとったらしい。あんたらにはなんの怨《うら》みもないばってん、渡世の義理で命《タマ》もらうばい」

「ふざけるな。うちの代紋に勝てると思ってんのか」

「あんたらの代紋にゃ勝てんばい。けど、わしも命張るけん、覚悟しちょき」

「せいぜいがんばんな。わかったから帰れ」

「そうはいかんちゃ。いまからカタつけるけん、表にでらんかい」

大膳は軽い口調でいった。が、その全身にすさまじい殺気がみなぎっている。創介は、こんな男をいままで見たことがなかった。店内の空気が息苦しいほど張りつめ、耐えがたい緊張感に下腹が冷たくなった。

そのとき柳刃が立ちあがって、わかった、といった。

「カタをつけよう。しかしその前に、食ってほしいものがある」

「なにを呑気《のんき》なことというとるんじゃ。なんも食わんでよか」

「五分だけ待て」

柳刃は無表情でいった。

「いまからカタをつけるなら、おれたちかおまえか、どちらかが命を落とす。五分くらい先へ延ばしてもいいだろう」

大膳は無言だった。柳刃と火野は厨房に入った。誰も口をきかない。時間の流れが急に遅くなったように感じられたが、実際には五分も経っていなかった。

柳刃が厨房からでてくると、カウンターに丼と箸を置いた。大膳は目の前の丼を見て、ほう、とつぶやいた。

「この店に入ったときから、よか匂いがしちょると思うとったが――」

大膳は猛獣のような勢いで牛の頬肉を食い、うどんを啜った。たちまち丼を空にすると大きく息を吐いて、わしの生まれ故郷の味ばい、といった。

「なして知っとうとか」

柳刃はジッポーでタバコに火をつけると、

「おまえたちのことは、なんでも知ってる」

わははは。大膳は弾けるように笑って、

「あんたらにひとつ訊きたいんやが、いまのヤクザをどう思う」

柳刃は無言で煙を吐きだした。大膳は続けて、

「わしはヤクザを害虫を食う害虫じゃと思うとる。博打《ばくち》にのめりこむ奴、女にのぼせあがる奴、シャブを売る奴、堅気に迷惑をかける奴。昔のヤクザは、そげな連中をシノギにしとった。ヤクザちゅうのは男売る稼業やけん、いまの半グレのごと年寄りや女子どもには手ェださんやった。匿名でこそこそしちょる半グレとちごて、抗争《でいり》ンときは堂々と名乗って、命《タマ》ばとったら自首したばい」

「なにがいいたい」

「なんぼ法律をきびしくしたっちゃ、悪い奴はおらんごとならん。なら害虫を食う害虫がおったほうがよかろうもん」

「ヤクザは必要悪だといいたいのか」

「そうじゃ。だからちゅうて、ほめられたもんやないし、みんながみんな、まっとうなヤクザやったわけやない。けど警察《サツ》や暴排条例の締めつけでスマホは作れん、家も借りれん、車も買えん。いまはホテルに泊まっただけで逮捕されるやろが。いまのヤクザに人権はなか。やけん金のためならなんでもする半グレが増えて、堅気が食いものにされるったい」

「半グレのケツを持ってるヤクザもいるぞ」

「一筋会にも、そげな腐れがおる。わしはぶちのめしてやりたいが、上のもんやけ、いまはまだ手がだせん」

「そのうち手をだすというのか」

「おう。肉うどんで気ィ削《そ》がれたけん、きょうは帰る。ばってん、毒島の仇《かたき》はとらしてもらうけんの」

大膳は店をでていった。蜂矢が大きな溜息をついて、

「無事にすんでよかった。一時はどうなるかと思った」

「でも、やばいですよ。大膳さんは仇をとるっていったんだから」

創介がそういったら、心配すんな、と火野は微笑して、

「じゃあ、そろそろ兄貴とおれは帰るぜ」

「大丈夫ですか。もし大膳さんが待ち伏せしてたら――」

「待ち伏せされてもかまわねえが、そんなことをする男じゃない」

「大膳さんのことは前から知ってるんですか」

「よけいな詮索するんじゃねえ。おれたちの稼業はいろいろ耳に入るのさ」

火野さん、と凜花がいって、

「もうすぐクリスマスイブでしょ。なに食べるの」

緊張感のない質問に、がくりと肩がさがった。

「なにって、決めてねえよ。おれたちにゃ関係ねえからな」

「そうなんだー。すごいディナー食べるのかと思った」

「どこかで晩酌はするけどな。イブは日曜だから、ここは休みだろ」

「開けたら、きてくれる?」

「おい、ちょっと待てよ」

と蜂矢がいった。凜花は続けて、

「イブにひとりでいたくないの。店は閉めてて、あたしたちだけ集まればいいじゃん。創介とタラちゃんもこられるでしょ」

創介と鱈夫はうなずいた。火野はカウンターの柳刃に目をむけて、

「どうします、兄貴」

柳刃はタバコを灰皿で消して、

「歌舞伎町にいるのも、あとわずかだ。なにか作ろう」

柳刃と火野が帰ったあと、蜂矢は舌打ちして、

「無茶いうなよ、凜花」

「だってイブにシェアハウスいたくないもん」

「柳刃さんたちが、また大膳さんとカチあったら、どうするんだ」

「店閉めてたら大丈夫よ。それより柳刃さんは歌舞伎町にいるのも、あとわずかっていったけど――」

「知らねえよ。でかいヤマってのが片づくんじゃねえのか」

蜂矢はジャックダニエルのロックを呑みはじめた。大膳が半グレをひどく嫌っていたせいか、苦い表情だ。蜂矢はまだ店に残るといったから、創介たちは店をでた。

三人で肩をならべて歩いていると、ふと疑問が浮かんだ。大膳は肉うどんを生まれ故郷の味だといったから、北九州の出身だろう。そして柳刃はそれを知って

いた。おまえたちのことは、なんでも知ってると柳刃はいい、大膳は笑った。

「柳刃さんは、大膳さんがくることを知ってたのかな」

それはないいんじゃない、と凜花がいった。

「おじさんは柳刃さんたちに命をもらっていったんだよ。そんなひとがくるってわかってるのに、わざわざ待ってるかな」

「でも肉うどんを作ったのは、大膳さんがくるのを知ってたからじゃ――」

ぼくにはよくわかんないけど、と鱈夫がいった。

「柳刃さんたちもすごいし、大膳さんもすごいと思った」

でもヤクザだよ、と創介はいった。

「あこがれちゃだめだろ」

「わかってるよ。ヤクザはよくないし、柳刃さんたちとも揉めないでほしい。でも大膳さんははたちのとき、皿洗いしてたっていったよね。そのころは、いまのぼくと大差なかったのに、組長にまでのしあがるのはすごいと思う」

⑥ イブに食べたい。至福のチキンとローストビーフ

このところ仕事を終えて部屋に帰ると、スマホを見ながらコタツで眠るのが常だった。けれどもきょうは、なかなか寝つけなかった。スマホを見る気にもなれず、あおむけになって天井を見つめていた。

大膳の兄貴分だった毒島が覚醒剤の密輸で逮捕されたのはわかったが、柳刃たちはそれにどう関係しているのか。柳刃は大膳がくることを知って、肉うどんを作ったのか。偶然にしてはタイミングがよすぎる。

もうひとつ、大膳と柳刃のやりとりも奇妙だった。

大膳はヤクザは害虫を食う害虫だといい、柳刃はヤクザは必要悪だといいたいのかといった。あのとき大膳は、柳刃に対してヤクザの存在意義を訴えているようで、ヤクザどうしの会話にしては不自然だった。しかしふたつの疑問は、いくら考えても答えはでなかった。

明け方にようやくまぶたが重くなり、気がつくと昼になっていた。

創介はひさしぶりに部屋を掃除した。柳刃は、自分の意思で変えられないことを悩むのは時間のむだだといった。ならば自分の意思で変えられることは、やったほうがいい。

長いあいだ散らかし放題だっただけに、夕方まで掃除をしても部屋はそれほどきれいにならない。とはいえ、それなりに充実感があった。

創介はいつもどおり六時に出勤した。すこし前まではひまなほうがいいと思っていたが、仕事に意欲がでてきたから客がくるのが待ち遠しい。

今夜は珍しく、ＯＬのふたり連れが一見で入ってきた。ひとりは二十代後半くらい、もうひとりは三十代前半に見える。凜花はリピーターの男性客についている。創介は懸命に接客したが、ふたりは白《しら》けた表情だ。蜂矢がいれば盛りあげてくれそうなのに、まだきておらず、電話してもつながらない。

ＯＬたちは一杯ずつ呑んだだけで帰った。創介は落胆しつつ、

「マスターどうしたんだろ。最近ずっと店にいたのに」

「さあ。たまにはアテンドの仕事があるんじゃない」

十二時をまわって鱈夫がきた。皿洗いが忙しかったらしく疲れた顔つきだ。客は鱈夫だけとあって三人でしゃべっていたら、

「ね、ドンキの焼イモ食べない？」

と凜花がいった。え？　と創介はいって、

「ドンキに焼イモなんか、あったっけ」

「すごく有名よ。蜜がたっぷりで美味しいの」

「じゃ買ってこよう。もうお客もこないだろうし」

凜花と鱈夫は財布をだしたが、いいよ、と創介はいって、

「たまには、おれがおごるよ」

「そんなの悪いよ。お金ないんでしょ」

「ないけど、焼イモくらいおごれる」

創介はドン・キホーテで焼イモを三つ買った。紙袋に入った焼イモはほかほか温かい。三つの紙袋を抱えて歌舞伎町一番街を歩いていると、

「ヘイ、アニキ。ヒサシブリネ」

背の高い黒人が笑顔でハイタッチを求めてきた。なんとなくそれに応じたとたん、前にさくら通りで会った客引きだと気づいた。が、そのときにはもうグローブみたいな掌が、創介の手をぎゅっと握っていた。手をひっこめようにも、とんでもない握力でびくともしない。

「ダイジョブ、ダイジョブ。ノミホウダイ、ニセンエンダカラ」

「放せよ。いかないってば」

黒人にひきずられながらわめいていると、オレンジの色のパーカーを着た女が駆け寄ってきて、イブラヒム、と尖った声をあげた。

「そのひとは、わたしの知りあいよ」

とたんに黒人は手を放すと、ばつの悪そうな顔で頭をさげて、

「スイマセン」

女はボランティアの鮎川千春だった。千春は笑みを浮かべて、

「どうしたの。いまは仕事中でしょ」

「そうなんですけど、ひまだから凜花が焼イモ食べようっていって――」

ヤムイモ？　と黒人が目を丸くして、

「ナイジェリア、ヤムイモ、タベルヨ」

「ヤムイモじゃなくて焼イモ。もういいから、どっかいって」

と千春がいった。黒人はぺこぺこしながら去っていった。彼女によるとイブラヒムはナイジェリア人で、日本にきて半年だという。

「イブラヒムは悪い奴じゃないんだけど、客引きがしつこいのよね」

「前もあいつに捕まって大変でした。ヤムイモってなんですか」

ヤムイモは山芋類の総称で、ナイジェリアでは貴重な食べものらしい。

「ナイジェリアは経済格差と貧困が深刻なの。一日二ドル以下で生活する貧困層が九千万人近くいる。だから日本へ出稼ぎにくるの。でも——」

悪い仲間にそそのかされて犯罪に手を染める者もいる。千春は溜息をついて、

「半グレもそうだけど、居場所のない子たちが犯罪組織に入っちゃう。その繰りかえしをなんとかしなきゃね」

創介はニュー来夢にもどって、さっきのことを話した。

ちはるんは気が強いもん、と凜花はいった。

「相手が半グレでも、平気で文句いうから心配だけど」

あいかわらず客は鱈夫だけだから、三人は焼イモを食べた。凜花がいったとおり、ドン・キホーテの焼イモは蜜がたっぷりでねっとり甘い。

「柳刃さんだったら、このまま食べるかな」

と鱈夫がいった。このままでも美味しいけど、と凜花がいって、

「なにかアレンジしそうだよね」

創介はスマホで焼イモのレシピを検索して、

「バターつけると旨いんだって」

さっそく厨房にいき、電子レンジで温めて塗りやすくしたバターとバターナイフを持ってきた。焼イモに塗ったら、バターの塩味とコクで味わいが増した。

旨い旨いと三人で騒ぎつつ焼イモを食べ終えたとき、ドアが開いて蜂矢が入ってきた。やつれた顔で大きなボストンバッグをさげている。

もう閉めろ。蜂矢にそういわれて、電飾看板と足拭きマットを店内にしまった。

蜂矢はボックス席のソファで、またジャックダニエルのロックを呑んだ。

東京リッパーズと一筋会の交渉は決裂し、蜂矢にアテンドを依頼した有名人の不倫と覚醒剤の使用疑惑がマスコミに流れたという。

「年明けには大々的に報道される。もう止めようがねえ」

「有名人って誰なの」

凜花が訊いた。蜂矢は、女性に絶大な人気があるベテラン俳優の名前を口にした。映画やドラマでは、刑事や検察官など正義の味方を演じることが多いから、すぐには信じられなかった。

マジで、と凜花はいって、

「超イケメンだし、めっちゃ好感度高いのに」

「裏の顔はそんなもんさ。上の連中は怒り狂ってて、おれにケジメとらせるつもりだ。いま若い奴らがおれを捜しまわってる」

「どうするの、これから」

「身柄《ガラ》かわすしかねえ。おれの部屋にも追いこみがかかるから、さっき荷物を持ってきた」

蜂矢はボストンバッグを顎で示した。

「あいつらに生け捕られたら、おしまいだ。死ぬまで飼い殺しか、海外に連れてかれて内臓売られるか——」

「そんな——もう警察に相談しなよ」

「おれはいくつか余罪があるし、前科《まえ》もある。警察に自首すりゃ、長いあいだムショ行きだ。でも、それだけじゃすまねえ。ムショをでてからも、東京リッパーズと一筋会に狙われる」

「じゃあ柳刃さんたちに――」

「無理だ。あのひとたちが何者でも、相手が悪すぎる」

「でも大膳のおじさんはいったじゃん。あんたらの代紋にゃ勝てんばい、って。柳刃さんたちのバックは、一筋会より力があるってことじゃないの」

「そんな力があるのは日本最大の山盛組《やまもりぐみ》くらいだ。だとしてもヤクザがやることにゃ裏がある。何度か飯食ったくらいで信用できるもんか」

蜂矢はタバコに火をつけて煙を吐きだすと、

「東京リッパーズの連中は、おれがこの店やってるのを知らねえ。いまは新宿じゅう見張られてっから、何日かここで寝泊まりする。そのあと、どっかへ高飛びするさ」

「マスターがいないあいだ、店の営業はどうするんですか」

「おまえと凜花には悪いけど、もう閉めるしかねえ」

「そんな――」

「創介、おまえも気をつけろ。知らねえ番号からの電話はぜってーでるな。留守電も切っとくんだ」

「どうして創介までそんなことするの」

凜花が訊いた。もう話してもいいですか。創介がそういったら、蜂矢は力なくうなずいた。創介はゴーナッツの求人にだまされて、覚醒剤の運び屋をやらされそうになったこと、交番にいこうとしたら車で拉致され、キャバクラのような店で東京リッパーズの男に三百万円を払えとおどされたこと、蜂矢がそこで口をはさんで、ここで働くようになったことを語った。

ひどい、と凜花がいって、

「マスターは無理やり創介を働かせたの」

「そうだけど、おれが黙ってたら、もっとひどいことをやらされてた」

「でもマスターだって、東京リッパーズの幹部じゃん。創介をおどしたのとおなじでしょ」

それはもういいよ、と創介はいった。

「最初は厭だったけど、いまはここで働いてよかったと思ってる。マスターはやさしいし、凜花と鱈夫に会えたから」

わかった、と凜花はいって、

「でも、この店は閉めない。マスターは好きにしていいから、あたしたちにやらせて。よかったら鱈夫もここで働きなよ。年内でバイト終わりなんでしょ」

「え？　ぼくなんかでいいの」

「大歓迎。いっしょにがんばろ」

勝手に決めんなよ、と蜂矢は弱々しい声でいって、

「でも――まあいいか。好きにしろ」


その日――土曜はずっと落ちつかなかった。

蜂矢が東京リッパーズに追われているから、自分にもとばっちりがくるかもしれない。また車で拉致されて、三百万を払えとおどされたらどうしよう。

そんな不安が頭から離れない。蜂矢は店を閉めるといったくらいだから、辞めるには絶好のチャンスだった。けれども、そんな気にはなれず、ふだんどおり店を開けた。

あしたはクリスマスイブとあって、歌舞伎町のにぎわいはピークを迎えていた。ニュー来夢も忙しかったが、蜂矢は厨房にこもったまま接客もしない。休憩用の丸椅子にかけ、ジャックダニエルを呑んでいる。

創介がつまみを作りに厨房に入ると、蜂矢は弱々しく微笑して、

「すまねえな。こんなことになっちまって」

「気にしないでください。そんなことより、呑みすぎじゃないですか」

蜂矢はそれには答えず、

「歌舞伎町でホストだったころは、けっこう指名があってな。年に千五百万は稼いでた」

「そんなに？」

「そのくらい珍しくねえ。人気店のナンバーワンなら億以上稼ぐ。おれももっと稼いで金貯めて、いろいろ事業をはじめたかった。けど、甘かったな」

「マスターは二十九でしょう。まだまだチャンスはありますよ」

蜂矢はかぶりを振った。ホストでそれほど稼いでいたのに、なぜ半グレになったのか。それとなく訊《たず》ねたが、蜂矢は無言だった。

十二時すぎに鱈夫がきた。鱈夫は晴れ晴れとした顔で大きく伸びをして、

「きょうでバイト辞めてきた。もう店を手伝えるよ」

「やる気満々だね」

創介は苦笑した。凜花は店を続けるといったし、自分も手伝うつもりだが、三

人ではたしてやっていけるのか。

創介は、山口から上京して国際情報ビジネス学院に入ったころを思いだした。オープンキャンパスや学校説明会の楽しげな雰囲気に釣られて入学したけれど、これといったスキルは身につかず、就活は失敗に終わった。

当時は自分の将来を深く考えていなかった。社会にでれば、なんとかなると思っていた。いまはそれがまちがいだとわかったが、自分が成長したという実感はなく、おなじ失敗を繰りかえす気もする。

日付が変わった閉店前、火野から電話があった。

「きょうは何時に飯食うんだ。兄貴とおれはいつでもいいぜ」

「ちょっと待ってください。みんなに訊きますから」

蜂矢は何時でもいいと投げやりに答えた。凜花と鱈夫に相談した結果、集合時間は七時になった。問題は山ほどあるから、のんきに食事をしている場合ではないが、クリスマスイブにひとりでいるのもわびしい。

蜂矢を店に残してアパートに帰ると、去年のイブが思いだされた。

彼女がここに泊まりにきて、いっしょにコタツに入った。夕食はコンビニで買ったフライドチキンとローストビーフとエビグラタンとケーキだった。

「ケンタのチキンが食べたかったな」

「ごめん。バイトが忙しくて予約がまにあわなかった」

創介はそんないいわけをした。実際は予約の期限をまちがえていた。

プレゼントは無難なマフラーにしたが、彼女はさして喜ばなかった。創介も、部屋の鍵しか持っていないのにキーケースをもらってテンションがさがった。とはいえ彼女の手前、精いっぱい喜んだふりをした。

いま思えばバカバカしいけれど、当時はクリスマスイブを彼女とすごしたことで満足していた。ニュー来夢で働くまでは、みんながやるから自分もやるというのが判断の基準だった。しかしいまの自分は、みんなとちがうところにいる。そのせいで、どうすればいいのか判断がつかない。


クリスマスイブの歌舞伎町は若者たちでにぎわっていた。

きょうは日曜だけにサラリーマンの姿はわずかで、カップルが目につく。新宿東宝ビル一階のケンタッキーフライドチキンには長蛇の列ができ、サンタのコスプレをした呼びこみがあちこちに佇《たたず》んでいる。

創介は百貨店の紙袋をさげて歌舞伎町一番街を歩いた。

紙袋には、さっき買ったケーキが入っている。はじめは凜花と鱈夫にクリスマスプレゼントを贈ろうと思ったが、最近落ちこんでいる蜂矢にもなにか贈るべきだし、柳刃と火野にはたくさんごちそうになっている。悩んだあげく、イチゴのショートケーキを六つ買った。

ニュー来夢に着いたのは六時五十分だった。

合鍵でドアを開けたら、ボックス席のソファに蜂矢がいたから驚いた。蜂矢が店に泊まっているのを、すっかり忘れていた。

ひどく眠そうな顔だから、どうしたのか訊くと、

「ゆうべはずっと眠れなくってな。昼ごろまで呑んでた」

「それはきついでしょう」

「だから、さっきまでここで寝てたんだ。でも叩き起こされた」

蜂矢は厨房を顎でしゃくった。

厨房のドアを開けると、柳刃と火野がいたからぎょっとした。ふたりは、もう料理を作っていて、あわただしく動いている。ショートケーキを冷蔵庫にしまっていると、火野がこっちを見て、

「きょうは手伝わなくていいぞ。あとで呼ぶから待ってろ」

創介は厨房をでて補助用のソファに座った。

まもなく凜花と鱈夫がきた。鱈夫はいつものPコートにチノパンだが、凜花は白いファー付きのショートコートを羽織り、フリルのついた黒いブラウスにピンクのミニスカートで、ふだんより気合が入っている。

凜花はフルーツケーキを持ってきていて、

「なにかプレゼント買わなきゃと思ったけど、ぜんぜんわかんなくて。みんなで食べられるのがいいと思ったから——」

「おれもそう。だからショートケーキにした」

と創介がいった。鱈夫はもじもじしながら、菓子が詰まった大きなサンタブーツをレジ袋からだした。思わず噴きだしそうになるのをこらえていると、

「ぼくんちはクリスマスなんてなかったから、買ってみたくなって——」

それ好きよ、と凜花がいった。

「いろんなお菓子入ってて楽しいじゃん」

創介は笑いをひっこめて、うなずいた。小学校四年のときに両親が離婚して以来、クリスマスは父とふたりだったから鱈夫のことは笑えない。

蜂矢はタバコを吸いながら、クリスマスっていやあ、といった。

「おれがガキのころ、おふくろはいつも留守だった。プレゼントもねえけど、そのぶん小遣いくれるから、ゲーム買ってチキン買ってケーキ買って、すげえうれしかった。でも同級生の家に遊びにいったら、庭とか玄関とかイルミネーションでぴかぴかしてて、家族そろってパーティしてるだろ。めっちゃむかついて、いつか金持になってやろうと思った」

「それで半グレになったの」

凜花が訊いた。ちげーよ、と蜂矢はいって、

「つーか、おれは東京リッパーズから追いこみかけられてるんだ。もう半グレじゃねえ」

そのとき、こいつを持ってけ、と火野の声がした。

火野はいつのまにかカウンターのむこうにいた。カウンターにはフルートタイプのシャンパングラスが六つと、シャンパンのボトルが二本も入ったシャンパンクーラーがある。凜花が手を叩いて、

「やった。シャンパンだ」

シャンパングラスとシャンパンクーラーをテーブルに運ぶと、火野が大皿をふたつ持ってきた。ひとつには鶏の唐揚げのようなもの、もうひとつには刻んだキ

ャベツとスライスした玉ネギがべつべつに盛ってある。

柳刃が厨房からでてきてソファにかけると、火野がシャンパンの栓を抜き、シャンパングラスに注ぎわけた。創介がシャンパングラスは冷やさないのか訊いたら、シャンパンは繊細だからな、と火野がいった。

「グラスについた霜で味が変わるから、冷やさねえんだ」

六人は、いただきますのあと乾杯して、シャンパンを呑んだ。シャンパンはコンビニで買った安物しか呑んだことがないだけに、フレッシュな果実味と芳醇《ほうじゅん》な味わいに陶然となった。これ、すごく美味しい、と凜花がいって、

「マスターはホストだったから、ドンペリたくさん呑んだでしょ」

「仕事で無理やり呑んでたから、味わってるひまがなかった。こうやってゆっくり呑むとシャンパンって旨いな」

ぼくもそうです、と鱈夫がいった。

「一気呑み要員だったから、ドンペリの炭酸が苦しくて。ホスクラだと、いちばん安いホワイトでも八万円以上するのに、もったいないって思いました」

「このシャンパンも高そう」

凜花がそういったら、柳刃が口を開いた。

「シャルル・ド・モンランシーレゼルヴ・ブリュット。店によって値段はちがうが、三千円ちょっとだ」

「スパークリングワインならわかるけど、本物のシャンパンがそんなに安く買えるんすか」

蜂矢が目をみはった。

「スパークリングワインとシャンパンって、どうちがうの」

凜花が訊いた。柳刃は続けて、

「スパークリングワインとは発泡性ワインの総称だ。シャンパンもスパークリングワインの一種だが、フランスのシャンパーニュ地方で生産され、品種と製造方法の条件を満たしたものだけが、シャンパンと名乗れる」

「そんなにきびしいんだ」

「わかったら、早く食えよ。揚げたてが冷めちまうぞ」

火野に急かされて、まだ熱い鶏をつかんで口に運んだ。唐揚げやフライドチキンのような味を想像していたが、ぜんぜんちがった。

衣はまったくついておらず、ぱりぱりに揚がった皮が香ばしい。身は弾力のある歯ごたえでジューシーな肉汁がほとばしる。唐揚げやフライドチキンのような小骨はなく、まんなかに太い骨があるだけなので食べやすい。シンプルな塩味で、ニンニクとコショウがきいていてシャンパンががぶがぶ吞める。

みんなは次々と鶏にかぶりついている。鱈夫は骨までしゃぶって、この唐揚げ、旨すぎます、といった。

「唐揚げじゃない。手羽元の素揚げだ」

と柳刃がいった。

「手羽先はよくありますけど、手羽元って」

「手羽先は翼の先端、手羽元は翼の根元部分にあたる。手羽先はゼラチン質が多いぶん旨みが強く需要が多いから、値段は手羽元のほうが安い」

こんなに美味しいのに安いんだ、と凜花がいった。

「しかもケンタのドラムみたいに、すっごく食べやすい」

「食べやすいし手羽先より肉が多いぞ。衣がねえから、鶏の味がよくわかる」

と蜂矢がいった。柳刃はシャンパングラスを口に運んで、

「これは比内地鶏《ひないじどり》だから鶏の旨みが濃く、肉に適度な歯ごたえがある」

「比内地鶏って、すげえ高級じゃないすか」

「はたちの子が三人いるからな。ふだんはふつうの鶏でじゅうぶんだが、ほんと

うに旨いものは知ってたほうがいい」

手羽元の素揚げの作りかたを柳刃に訊くと、

「まず手羽元をボウルに入れ、全体の〇・七パーセントくらい塩をまぶす。すりおろしたニンニクといっしょにまぜてラップをかけ、冷蔵庫で半日ほど寝かす。手羽元から水分がでてきたら、キッチンペーパーで拭きとる。あとは百八十度の油で皮がカリカリになるまで揚げて、コショウをたっぷりかければ完成だ。時間がなければ、寝かす時間を短くしてもいい」

「やっぱイブだからチキン？」

凜花がそういったら、まあな、と火野が答えて、

「イブにチキンを食うのは世界じゅうで日本だけだけど、若い子は食いたいだろ。アメリカのクリスマスは七面鳥のローストが定番だっていうぜ」

「え？　外国はチキン食べないの」

チキンは七面鳥のローストの代用だ、と柳刃がいった。

「日本でクリスマスが一般化したのは明治時代だが、七面鳥は手に入らないので、かわりにローストチキンを食べた。いまのようにフライドチキンを食べる習慣ができたのは、一九七四年におこなわれたケンタッキーフライドチキンのキャンペ

ーンがきっかけだ」

「ケンタの広告戦略に乗せられたんだ」

べつにいいじゃねえか、と火野が笑って、

「旨いから、みんな食うんだろ」

創介は、刻んだキャベツとスライスした玉ネギを小皿にとって食べてみた。ぱりっとした食感のキャベツは、塩昆布とオリーブオイルであえてある。キャベツの甘さに昆布の旨みとオリーブオイルのコクが加わって、これだけでおかずになりそうだ。

スライスした玉ネギは、ほのかな塩味でブラックペッパーの辛みがある。さわやかなレモンの酸味で口がさっぱりするから、手羽元がまた食べたくなる。

凛花が忙しく箸を動かしながら、

「どっちも美味しー。なんていう料理なんだろ」

特に名前はないが、と柳刃がいって、

「キャベツの塩昆布あえ、オニオンスライスのレモンマリネといったところだ」

「これ、あたしにも作れる？」

「どちらも五分とかからない。キャベツの塩昆布あえは、キャベツをざく切りにして塩昆布とオリーブオイルであえるだけだ。オニオンスライスのレモンマリネは、半分に切った玉ネギを繊維に対して垂直に薄切りする。それを軽く水にさらして水気を切り、塩とレモン汁であえ、粗挽きのブラックペッパーをかける」

「マジ簡単だ。どっちもダイエットによさそう」

シャンパンのボトルは二本とも、すぐ空になった。火野が厨房からワインのボトルを二本持ってきたので、創介と凜花はシャンパングラスをさげてワイングラスを用意した。

柳刃によると、ワインはチリ産の赤ワインで「カッシェロ・デル・ディアブロカベルネ・ソーヴィニヨン」というらしい。これも千五百円弱で買えるそうだから、手が届く値段だ。創介がみんなのグラスにワインを注いでいたら、火野が大皿とソースが入った小皿六つを運んできた。

大皿にはスライスされた肉が大量に盛られ、かいわれ大根と大葉、すりおろしたショウガのようなものが添えてある。肉のふちは茶褐色に焼けているが、断面は鮮やかなピンクのグラデーションだ。

これはなにかと訊いたら、ローストビーフだ、と柳刃がいった。

「神戸牛のモモブロック肉を、五十七度で低温調理した」

「比内地鶏に神戸牛か。また高級品っすね」

「理由は、さっきいったとおりだ」

「低温調理って、どうやるんですか」

創介が訊いた。柳刃は続けて、

「簡単にいえば湯せんだ。一定の温度に保った湯で、真空パックした食材をじっくり加熱する。たとえばフライパンでステーキを焼くと、内部まで熱を通すために表面を焼きすぎたり、焼きかげんにむらができたりする。低温調理なら温度が一定なので、焼きすぎやむらはなく、食材が持つ本来の旨みを逃さない。調理に時間がかかるというデメリットはあるが、低温調理器を使えば誰でもプロに近い味がだせる」

「この牛肉は五十七度で温めたってことですね。でも、なぜ五十七度で――」

「食中毒の原因となる菌は、五十五度で死滅する。牛肉は六十二度を超えると、タンパク質の凝固がはじまって弾力を失う。五十七度は菌を死滅させ、なおかつ牛肉をやわらかく仕上げるのに最適な温度だ。このローストビーフはここへくる前に低温調理して、さっきフライパンで表面に焼き目をつけた」

火野が上目遣いで、兄貴、といって、

「低温調理のことはそのくらいにして、そろそろ食べましょう」

柳刃はちらりと火野を見てから、ワイングラスを軽くまわして口に運び、

「小皿のソースをつけて食べろ」

柳刃がもっと語りたそうなのがおかしかったが、ローストビーフをソースにつけて食べた瞬間、大げさでなく衝撃が走った。肉は生かと思うほどみずみずしく、旨みたっぷりの肉汁と脂が舌の上でとろけていく。

ソースは深みのある醤油味で、おろし玉ネギがソースから盛りあがるほど入っている。玉ネギの甘さとほどよい酸味が絶妙で、牛肉の美味しさをひきたてる。いままで食べたローストビーフはパサついてハムの親戚みたいな味だったが、これは格がちがう。

「肉はもちろんすごいけど、このソースも旨いですね」

と創介がいった。そのソースは簡単だ、と柳刃はいって、

「まず醤油と純米酢を二対一の割合でまぜ、そこにすりおろした玉ネギを加える。玉ネギの量は醤油とおなじくらいでいい。さらに、すりおろしたニンニクを好みの量と旨み調味料を少々足す。一時間ほど味をなじませてから、肉を焼いたフライパンにソースを入れ、玉ネギの色が変わったら完成だ」

赤ワインは柳刃が前にいったカベルネ・ソーヴィニヨンという品種だけに、味わいが濃くて渋みがあり、赤身が多いローストビーフとのマリアージュは絶品だ。蜂矢と凜花と鱈夫はあまりの旨さに圧倒されたのか、言葉を失っている。が、ひっきりなしに箸を動かし、ワイングラスを傾けている。

大皿に添えてある、すりおろしたショウガのようなものは、柳刃によるとホースラディッシュだという。

「西洋わさびとも呼ばれる。それをつけるなら岩塩がいい。肉にブラックペッパーとオリーブオイルをかけ、レモンを絞って食べてみろ」

厨房からそれらを持ってきて、べつの小皿で食べたら溜息が漏れた。岩塩の旨み、ブラックペッパーの香り、オリーブオイルのコク、ホースラディッシュの辛みがソースとはちがった旨さをひきだしている。

比内地鶏や神戸牛を生まれてはじめて堪能した。旨いシャンパンとワインも呑んですっかり満足したが、シメにローストビーフ丼がでてきた。あまったローストビーフを炊きたての飯に載せて、さっきの玉ネギソースをかけ、刻んだ大葉とかいわれ大根を散らした丼は、あきれるほどの旨さだった。

食後は、創介たちが持ち寄ったショートケーキとフルーツケーキとサンタブーツの菓子を食べた。こちらは平凡な味だったが、凜花と鱈夫のやさしさに胸の奥がじんわり熱くなった。鱈夫がしんみりした表情で、

「いままでの人生で、いちばん楽しいイブになりました。柳刃さんと火野さんのおかげです」

「そりゃ、ちょっと大げさじゃねえか」

と火野がいった。鱈夫は首を横に振って、

「ほんとです。マスターや創介や凜花もいてくれて、すごくうれしい」

「柳刃さんと火野さんは、あたしたちに、なんでよくしてくれるの」

凜花が訊いた。柳刃がタバコに火をつけると、

「特によくしたおぼえはない。おれは料理が趣味というだけだ」

「マジでそれだけ？」

柳刃はうなずいた。

「だったらいいけど、マスターはなにか裏があるんじゃないかって――」

おい、と蜂矢が声をあげた。火野はにやりと笑って、

「兄貴が料理を作るのはただの趣味だが、裏はあるぜ」

「えッ」

「心配するな。おまえさんたちには関係ねえ」

「よかった。あ、そうだ。もうすぐタラちゃんも、この店で働くの」

「仲間が増えてよかったな。しかし、いまの客入りだとマスターは人件費が大変じゃねえか」

「――マスターは、ほかの仕事が忙しいから、あたしたちでやるの」

さすがの凜花も、マスターは東京リッパーズに追われているとはいわなかった。

蜂矢もそう思ったのか、かすかに苦笑した。

「おれたち三人で、うまくいくでしょうか」

創介が訊いた。先に結果を求めるな、と柳刃はいった。

「結果がどうなるかよりも、そこへ至るプロセスが重要だ。なにを考え、なにをやったか、どれだけ真剣に取り組んだかが自分の知識と経験になる」

「失敗は気にしないでいいと――」

「勝負は時の運だ。意思の力がおよばないこともある」

「柳刃さんが前にいったエピクテトスと似てますね。意思の力でどうにもならない物事は悩まない、って」

「商売の失敗なら、またやりなおせばいい。しかし知識と経験は、年齢とともに積み重ねていくものだ。そのプロセスを抜きにして結果を求めると、おなじ失敗を繰りかえす」

半グレがそうですよね、と火野がいった。

「手っとり早く金を稼ごうと思って、オレオレ詐欺だの強盗だのドラッグの密売だのやらかして、人生棒に振るんだから」

たしかにそうでしょうけど、と蜂矢が眉をひそめて、

「説得力ないっすよ。ヤクザがそんなことといっても」

創介は緊張したが、火野は表情を変えず、

「そうだろうな。ただ兄貴とおれは、任俠《にんきよう》の男だ」

「任俠ってヤクザのことっすよね」

「ヤクザのことじゃねえ。弱きを助け、強きをくじく。ひとのために命を張るのが任俠さ」

柳刃はタバコを灰皿で消して立ちあがり、火野も腰をあげた。創介たちは外まで見送りにいったが、蜂矢はソファから動かなかった。

空は暗く、吹く風は肌を刺すように冷たかった。柳刃と火野に礼をいい、三人は店にもどった。柳刃たちがくるのはいつも遅いから深夜のような気がしたが、

時計を見るとまだ十時前だった。

「任侠なんて聞こえはいいけどよ。ひとのために命張る奴なんかいねえだろ。あ、タバコがねえ」

蜂矢はそうつぶやくと厨房へいった。テーブルの皿やグラスを片づけようとしたとき、ばーんッ、と叩きつけるような音とともにドアが開いた。

「おーい、蜂矢いるかあ」

髪をフェードカットにした体格のいい男が、おどけた声をあげて店に入ってきた。真っ黒な顔と首筋にある蛇のタトゥーを見て、体がすくんだ。

その後ろに赤いレザーのロングコートを着た大男がいた。以前見たときは座っていたから身長はわからなかったが、いま見ると百九十センチはありそうだった。

ツーブロックの金髪で腫れぼったい目をした男はこっちを見て、

「おや、いつかのガキじゃねえか。蜂矢はどこにいる」

創介は答えられずに目をしばたたいた。

熊神将星と蛇沼大我は、どうやってここを嗅《か》ぎつけたのか。ふたりのあとからスキンヘッドの男とでっぷり肥った男が入ってきた。顔に見おぼえがあると思ったら、シネシティ広場のそばに倒れていた鱈夫を追いかけてきた奴らだった。

あのとき創介は、スキンヘッドに腹を殴られて連れ去られそうになった。そこへ柳刃と火野があらわれて、ふたりを追い払った。

熊神は創介を見おろして、

「聞こえねえのか。蜂矢はどこにいるんだ」

「とぼけてもむだだぞ。ここが蜂矢の店なのはわかってんだ」

と蛇沼がいった。ここにはいないよ、と凜花がいった。

「あたしたちも連絡とれなくて困ってる」

「おれに嘘はつかねえほうがいい」

熊神はそういってテーブルを顎でしゃくると、

「この皿やグラスはなんだ。さっきまで誰がいた」

「——友だち。イブのパーティしてたの」

調べろ、と熊神はいった。スキンヘッドとデブ男が、はい、と答えた。スキンヘッドはカウンターのむこうとトイレを覗き、デブ男が厨房のドアを開けて、なかに入っていった。蜂矢が見つかってしまう。胸が痛いほど鼓動が速くなったが、デブ男はかぶりを振って、

「いません」

思わぬ言葉に驚いた。蜂矢はどこに隠れたのか。

熊神はゴールドの太い指輪だらけの指で顎をまさぐり、

「蜂矢がいねえとなると、おまえらに代償を払ってもらうぞ」

「代償ってなによ。なんで、あたしたちが払うの」

凛花が訊いた。熊神は創介を指さして、

「おまえへの貸しは三百万だったが、利子がついて五百万」

「そんな――」

「その女は、おれに盾ついた罰で五百万」

「はあ？　なにいってんの」

「また盾ついたな。一千万になったぞ」

「そんなの払えるわけないじゃん」

「おまえは女だから一千万くらい、すぐ払えるさ。いいデリヘルを紹介してやる。客がやることはエグいけど、一日三十万は稼げるぜ」

凛花は怒りに満ちた表情で唇を震わせた。熊神は続けて、

「また盾つくのか。次は二千万だぞ」

社長、とスキンヘッドがいって鱈夫を指さした。

「このチビは元ホストで、うちがケツ持ってるホスクラの太客にちょっかいだしたんです。おれたちが生け捕ろうとしたけど、邪魔が入って――」

ふうん、と熊神はいって、

「じゃあ、そいつにも五百万払わせろ」

熊神はソファに腰をおろすと足を組み、靴の踵《かかと》でテーブルの上の皿やグラスを蹴り落とした。鱈夫は店の隅に立ったまま、うなだれている。蛇沼がにやつきながら店内を見まわして、それにしても汚ねえ店だな、といった。

「蜂矢がいねえんなら、燃やしちまうか。このへんはボロい建物ばっかだから、よく燃えるぜ」

凜花が激しくかぶりを振って、

「それはやめて」

「ここはどうせ賃貸だろ。燃やして更地にしたほうが、貧乏くせえ店子《たなこ》がいなくなって家主も喜ぶぞ」

「やめて。お願いだから」

蛇沼は上着の懐《ふところ》からペンと紙をとりだして、ボックス席のテーブルに置き、

「やめてほしかったら、これに本名と住所と電話番号、親のもぜんぶ書け」

「なんで、そんなことを――」

「おまえらがバックレねえよう、保険かけとくのさ。そこのチビも書けよ。書かなきゃ、このまま拉致って監禁すんぞ」

書いちゃだめだといおうとしたが、熊神の異様に光る目を見るとなにもいえなかった。なにかいったら、また盾ついたといわれるだろう。

紙にペンを走らせる凜花と鱈夫を見て、絶望的な気分になった。蛇沼は紙とペンを懐にしまって、ようし、といった。

「あしたまたこの時間にくるから、蜂矢をここに呼べ。呼んだら、おまえらの借金は考えてやってもいい」

「マスターはどうなるの」

「ちょっと話をするだけさ。ただし、おまえらもここにいるんだぞ。ひとりでもいなかったら、この店燃やして追いこみかけるからな」

熊神はあくびをしながら立ちあがり、いくぞ、といった。はい、と蛇沼は答えて、うやうやしくドアを開けた。熊神はふと足を止めて、こっちを振りかえると、

「そういやあ、ここにヤクザのふたり組が出入りしてるだろ。おれたちのことをそいつらにチクったら、マジ殺すからな」

柳刃と火野のことまで知っていることに、底知れぬ恐怖をおぼえた。

熊神たちが店をでていくと、創介と凜花は急いで厨房に入った。さっきは動揺のせいで忘れていたが、厨房の奥には裏口があった。ドアの前に積んであった段ボール箱が脇に置いてあり、蜂矢が持ってきた大きなボストンバッグも見あたらない。蜂矢は裏口から逃げたにちがいない。凜花がスマホを手にして、

「マスターにつながらない。電源が入ってないか圏外だって」

⑦ これぞ勝負飯！ 戦う男の激ウマ鉄火巻

　クリスマスの空は、どす黒い雲で覆われていた。
　創介はカーテンの隙間から外を覗いて、不審な人物や車がないか確認するとベッドに腰かけた。いまは午後三時で、アパートに帰ったのは日付が変わったころだが、一睡もできない。
　ゆうべはニュー来夢で、凜花と鱈夫とどうすればいいか話しあった。創介は熊神将星と蛇沼大我のことを、ふたりに説明した。
「マスターに聞いたけど、熊神は歌舞伎町のゴッドって呼ばれてて、何人もひとを殺してるらしい。蛇沼は熊神の側近で、ストリートファイトが三百戦無敗だって――」

そんなの最悪じゃん。凜花は溜息をついて、

「警察に相談したいけど、仕返しに店を燃やされそうだし、マスターが警察に捕まっちゃうし――」

「マスターは、その前に東京リッパーズに捕まりそうだけどね」

「ちょっと話をするだけ、なんてぜったい嘘よね。マスターが前にいったみたいに、死ぬまで飼い殺しとか内臓売られるとか、そんな目に遭わされるよ」

「だったら警察に捕まったほうがましじゃないの」

といってから、自分も覚醒剤を受けとった罪で捕まる可能性があるのを思いだした。凜花は続けて、

「警察に捕まったって安全じゃないよ。マスターは刑務所をでたあとも、東京リッパーズや一筋会に狙われるっていってたし――」

「だよね。どうしたらいいんだろ」

「ぼくたち三人で、この店をやってみたかったけど――」

と鱈夫がいった。丸顔にあきらめの色がある。

「やれるよ。ぜったいやろう」

凛花はそういって、また溜息をつき、

「でも、これが片づくまでは営業できないね」

解決策はなにも思いつかなかった。蛇沼は今夜またくるといったから、三人はあとでニュー来夢に集まる予定だ。けれども蜂矢とはまだ連絡がとれない。蜂矢がこなかったら、自分たちはどうなるのか。

半グレだった蜂矢が熊神たちに捕まるのは、自業自得かもしれない。とはいえ蛇沼に拉致されて、三百万ぶん働かされそうになった自分をかばってくれたのは事実だ。

もうなにもかもほっといて、どこかへ逃げたくなる。けれども逃げれば凛花と鱈夫がどんな目に遭わされるかわからない。蛇沼は自分を拉致したとき、逃げたらネットに顔写真と氏名をさらすといった。

創介はベッドにかけたまま、うつろな視線を宙に漂わせた。朝からなにも食べていないが、食欲はない。東京リッパーズの連中がここへ押しかけてくるような不安に駆られて、またカーテンの隙間から外を覗いたとき、スマホが鳴った。

蜂矢かと思ったら、相手は父だった。父とは大ゲンカをして以来話していないだけに迷ったが、通話ボタンをタップした。

「おう、元気にしとるか」

ひさしぶりで聞く父の声に目頭が熱くなった。

「正月はどうする。帰ってくるんか」

「――帰れたら帰る」

「けさ、おまえの友だちから電話があったぞ」

「誰?」

「名前は聞いとらんけど、専門学校の同級生ていうとった。正月に山口へ観光にいくんで、よろしくお願いしますって。だから、おまえが帰ってくるかと思うて電話したんよ」

電話を切ったあと、目の前が真っ暗になった。そんな友だちはいない。熊神か蛇沼が手下を使って父に電話させたのだ。

ひとりでいるのが心細くて、凜花と鱈夫に電話した。ふたりともおなじ心境だったようで、予定より早くニュー来夢に集まった。三人はボックス席でまた話しあったが、なんの進展もなく夜になった。

創介は父からの電話の件を話して、犯人はあいつらさ、といった。

「おれが逃げたら、おやじのところへいくっておどしだよ」

「うちのママからも電話があった」

　と凜花がいった。

「高校時代の友だちが電話してきて、あたしに会いたがってるってさ。そんな友だちいねえっつーの」

「ぼくはなにもなかった。ぼくんちは毒親だから、そんな電話があっても連絡してこないし」

　鱈夫が自嘲気味にいったが、笑うに笑えない。凜花が嘆息して、

「うちは妹がやばいの」

「えッ。あいつらにおどされたの」

　創介が訊いた。凜花は首を横に振って、

「あたしのほんとのパパは、事故で死んだって話したよね」

「うん。おかあさんは年下のひとと再婚したんだろ。凜花はそのひとと気があわなくて家出したって――」

「そうなんだけど、新しいパパは会社が潰れて夜逃げしちゃったの。うちに借金取りがくるから、ママと妹は安いアパートに引っ越して――」

母親は家計を支えるためにスーパーのパートをはじめた。高校二年の妹もコンビニでバイトをしたが、秋に体調を崩して病院にいくと急性骨髄性白血病と診断された。現在は抗がん剤による治療を受けているが、病状は深刻で骨髄移植手術をしなければ長くはもたないという。

「あたしが骨髄ドナーで、来年の一月なかばに手術するの。ドナーは三泊四日くらいの入院ですむみたいだけど、お金がかかるから――」

凜花が昼も夜も働いているのは、妹の入院費や治療費を稼ぐためだった。

「カフェのバイトは、さっき辞めてきた。お金はもう貯めたから手術はできるけど、あいつらは妹にぜったい近づけたくないの。なのに、ゆうべママの住所と電話番号を書いちゃって――」

「しょうがないよ。店を燃やすっておどされたんだから」

と創介がいった。鱈夫は丸顔を紅潮させ、唇を嚙んでいた。

蜂矢と連絡はつかぬまま十時になって、蛇沼大我があらわれた。革のダウンジャケットを着て迷彩柄のカーゴパンツを穿いている。熊神はおらず、スキンヘッドとデブ男がいっしょだった。蛇沼はカウンターの椅子にかけ、

「蜂矢はバックレたみてえだな。おまえらを見捨てるとは冷てえ奴だ」

「あたしたちをどうする気？」

凜花が訊いた。蛇沼は真っ黒な顔に笑みを浮かべて、

「借金を払ってもらうだけさ。おまえが一千万、そこのガキとチビが五百万ずつ。仕事はこっちで紹介する」

「一千万とか五百万とか、ただの思いつきじゃない」

「熊神さんがいったことは、思いつきでも現実になる。だから歌舞伎町のゴッドなんだ」

「犯罪者のくせに、なにがゴッドよ」

「借金を倍にされたくなかったら、全員スマホをだせ」

とまどっていると、スキンヘッドとデブ男が近づいてきた。しかたなく三人はスマホをだした。蛇沼にテレグラムというアプリをインストールしろといわれたが、従うしかなかった。

「今後はそれで連絡をとる。ガキとチビはパスポートをとれ」

「パスポート？」

創介は目をしばたたいた。

「おまえらはフィリピンにいくんだよ」

「フィリピンでなにを——」

「仕事はいろいろある。ごちゃごちゃいうと日本に帰れねえぜ」

「なにいってんの。創介とタラちゃんは、そんなとこいかせない」

「おまえはこっちで預かる。いまから、いっしょにくるんだ」

「そんなの無理。ぜったい無理」

蛇沼は鼻を鳴らして、おまえは大事な商品なんだ、といった。

「手荒なまねをさせんなよ。どうしても逆らうなら、力ずくで連れてくぜ」

スキンヘッドとデブ男がボックス席の前に立ちふさがった。とたんに鱈夫が立ちあがり、スキンヘッドに殴りかかった。が、瞬時に張り倒されて床に転がった。

蛇沼は笑って、バカか、おまえは、といった。

「しかし、このバカも商品だ。こいつをタコ殴りにするかわり、店をぶっ壊せ」

スキンヘッドとデブ男が、はい、と答えた。スキンヘッドはドアのそばにあった電飾看板を持ちあげて、壁に投げつけた。電飾看板は割れ、壁に大きな穴があいた。デブ男はカウンターのなかに入り、グラスやボトルを片っぱしから床に叩きつけた。けたたましい音をたてて、ガラスの破片や酒があたりに飛び散る。

「やめてーッ」

凜花が悲痛な声で叫んだ。やめろッ。鱈夫も床に倒れたまま、あえぐようにいった。創介が鱈夫を助け起こしたとき、ドアが開いた。

「なにやってんの、あんたたちッ」

鮎川千春が尖った声をあげた。千春はスマホの画面に指をかざして、

「警察を呼ぶ」

「待って。まだ呼ばないで」

凜花がそういって蛇沼をにらみつけると、

「帰って。それとも警察を呼ぶ？」

「呼んだらどうなるか、わかってんだろ」

蛇沼はそういってから舌打ちして、

「あとで連絡する。ただ忘れんなよ、仕事はきっちりやってもらうからな」

三人が店をでていくと、千春は深々と息を吐いて、

「あいつらは東京リッパーズでしょ。なにがあったの」

「ごめん。いまは話せない」

「――わかった。いつでも力になるから相談して」

「ありがとう。でも、どうしてここに？」

「近くにきたから覗いてみようと思ったの。でも看板がでてないでしょ。休みだと思ったけど、ガチャーンってすごい音がしたから――」

千春は片づけを手伝おうとしたが、凜花が断った。

「大丈夫。あたしたちでやる」

「今夜は広場で炊き出ししてるから、時間があったら顔だして」

千春が帰ったあと、鱈夫は割れた電飾看板を運びながら洟《はな》を啜りあげ、

「ごめんなさい。ぼくがあいつらに逆らったせいで店が壊されて――」

あやまることないよ、と凜花がいった。

「タラちゃんのおかげで、あいつらが暴れて、ちはるんがきてくれたんだから」

「そうだよ。おれなんか、なにもできなかったけど、タラちゃんはすごく勇気があるって感心したよ」

鱈夫は力なく微笑した。頰が赤く腫れている。

テレグラムってさ、と凜花がいって、

「闇バイトに使うアプリだって聞いたことがある。シグナルっていうアプリもそうらしいけど、暗号で通信してメッセージを消せるから、警察が調べても内容が

わからないんだって」

「あいつらはそのアプリで、おれたちに犯罪を指示するつもりだ」

と創介はいった。警察にばれても、あいつらはトカゲのシッポ切りで捕まらないと思ったら、無性に腹がたった。

三人はグラスやボトルの破片を拾い、床をほうきで掃き、こぼれた酒を雑巾で拭いたが、いっこうに片づかない。創介が磨きあげたグラスは大半が割れ、営業を再開するには、かなり時間がかかりそうだった。

もっとも店内がもとどおりになったところで、営業を再開できるかどうかわからない。もしフィリピンへいかされたら、なにもかもおしまいだ。

暗澹《あんたん》とした気分で掃除を続けていたら、ドアが開く音がした。蛇沼たちがもどってきたのかと身がまえたら、蜂矢が入ってきた。髪はぼさぼさで顔は不精髭が伸びている。

マスター。凜花が大声をあげた。蜂矢はボックス席のソファに崩れるように腰をおろし、すまねえ、といった。

「おまえたちが大変なのはわかってたけど、身動きがとれなかった」

「大変どころじゃないよ。さっきあいつらがきて――」

凜花が事情を話すと、蜂矢は店内を見まわして、

「だいぶやられたな。でも、もうちょっとでカタがつく。おまえたちに手はださせねえ」

「マジで？」

なんとかする、と蜂矢はいって創介に目をむけ、

「柳刃さんと火野さんを呼んでくれ」

「えッ」

「大事な話があるんだ」

「ゆうべ熊神は、おれたちのことを柳刃さんたちにチクったら殺すっていいましたけど――」

「大丈夫だから、早く電話しろ」

火野に電話して用件を伝えたら、二十分ほどでそっちへいくと答えた。

やっぱ柳刃さんたちに相談するんだ、と凜花がいった。

「あたしもそれがいいと思う」

「もう半グレは懲《こ》り懲《ご》りだ。これで、きっちり足を洗う」

「そんなに厭なのに、どうして半グレになったの」

蜂矢は床に視線を落としていたが、ふと顔をあげて、

「おれはホストやってたとき、六本木のクラブでグラビアアイドルと知りあった。その女は見た目が超イケてたから、おれは夢中になった。でも、そいつはすげえ性悪《しょうわる》で、熊神ともデキてたんだ。ある晩、女の部屋にいったら熊神たちに拉致られて、落とし前をつけろっていわれた。おれはそれまで貯めた金をぜんぶさしだしたけど、まだ足りねえから仕事を手伝えっていう」

その仕事は、有名人や金持を対象にした覚醒剤や違法ドラッグの売買だった。

蜂矢はホストで培ったコミュニケーション能力を活かし、顧客の幅を広げた。

「シャブじゃ一回パクられた。でも初犯だし、売人だってばれなかったから執行猶予がついた。そのあとも売人やらされて、強盗や恐喝の手伝いもさせられた」

やがて熊神に認められて幹部になると、覚醒剤や違法な薬物からは手をひいて芸能事務所を立ちあげた。しかし経営は思うようにいかず、有名人のアテンドを手がけるようになった。

「足を洗うには大金がいる。おふくろのことは、あいつらに隠し通したけど――堅気になって親孝行したかった」

「じゃあ、おかあさんは――」

「四年前に肝臓がんで死んだ。この店やってたのは、おふくろさ」

「――そうだったんだ」

「おふくろはシングルマザーで、スナックやりながら、おれを育てた。ガキのころから歌舞伎町にはきちゃいけないっていわれてたけど、おれはませてたからな。勉強は嫌いだし、高校でてからいろいろバイトをやったが、長続きしねえ。手っとり早く金がほしかったから、ホストになった」

古くさい外観や内装、壁に貼ってある写真やトイレの短冊は、蜂矢の母がこの店のママだったころの名残《なごり》だとわかった。

「おふくろは死ぬ直前まで、この店のことを気にしてた。大家のおばさんは、おふくろの幼なじみだから、おれが借り受けて改装せずに営業してたんだ」

クッソダセえけどな、と蜂矢は目をなごませた。凜花は目頭を指で押さえて、

「いままで知らなかった。そんなことがあったなんて」

これからも店を続けましょう。鱈夫が湿った声でいった。

「おかあさんの思い出なんだから」

「これからは、おまえたちがやるんだ。大家のおばさんには、おまえたちのことを話したし、歌舞伎町にしちゃ家賃は激安だから、なんとかなるだろ」

蜂矢は半年ぶんの家賃を前払いしてあるといった。そんな手回しをするとは、本気で店の経営から退《しりぞ》くつもりらしい。

「あとは知らねえぞ。改装して店の名前も変えちまえ」

「名前は変えないけど、ありがとう。家賃まで払ってくれて」

と凜花がいった。蜂矢は壁の写真を顎でしゃくって、

「そんな写真ひっぺがさなきゃ、客はこねえぞ」

「でも、そのままのほうが――」

と創介がいいかけたらドアが開き、黒いスーツ姿の柳刃と火野が入ってきた。きょうも紙袋を手にした火野は店内を一瞥《いちべつ》して、

「なにかあったみてえだな」

眉間に皺を寄せた。

「柳刃さんたちには、いままで黙ってたけど――」

凜花がそういいかけたが、蜂矢はそれをさえぎって、

「おれがぜんぶ話す。おまえたちに聞かせたくねえ話もあるから、しばらく席をはずしてくれ」

待て、と火野がいってカウンターに紙袋を置き、

「その前に、こいつを食え」

「マジで？　こんなときに？」

と凜花がいったが、火野は紙袋から大きな折箱をとりだした。折箱の蓋を開けると、なかには細巻の寿司がぎっしり詰まっていた。

蜂矢が困惑した表情で、すみません、といった。

「せっかくだけど、いま寿司を食えるような心境じゃ――」

マスターが腹を割って話すなら、と柳刃がいった。

「これが最後の飯になる」

「だから、ひと口でも食えよ。味はついてるから醤油はいらねえ」

火野にそういわれて、みんなは細巻を手にとった。細巻の具は濃いピンクと黄色で味の見当がつかなかったが、口に放りこんだ。ぱりっとした海苔、ほろほろとほどける酢飯、脂の乗ったマグロの旨み、ぽりぽりした沢庵《たくあん》の甘み、新鮮な細ネギの辛みが渾然《こんぜん》一体となった味わいに、また細巻に手を伸ばしていた。

蜂矢が細巻をぱくつきながら、ちくしょう、といった。

「こんなときでも旨いなんて――」

「ほんとそう。お寿司なんか食べてる場合じゃないのに」

と凜花がいった。鱈夫は腫れた頬をもぐもぐさせて、

「ちがうときだったら、これぜんぶひとりで食べたい」

朝からなにも口にしていないとあって、細巻の旨さが空っぽの胃袋にしみる。

折箱はたちまち空になった。

「これは、なんていう寿司ですか」

創介が訊くと、柳刃が答えた。

「トロタクの鉄火巻だ」

「トロタク？」

「ネギトロと沢庵の寿司だ。この細巻は大間《おおま》産本マグロの中トロを塩じめし、包丁で細かく叩いた。次に宮崎産の沢庵を刻み、細ネギといっしょに有明《ありあけ》産の海苔で巻いた。シャリは宮城産ササニシキだ」

「産地はよくわからないけど、食材がすごく贅沢そうですね。でも、どうして鉄火巻を――」

「鉄火とは赤く焼けた鉄や、金属を鋳造《ちゅうぞう》するときの火花をあらわす。鉄火場は賭博場を意味し、そこで博打をしながら片手で食べられたので鉄火巻と名づけられたという説がある。由来はともかく、勝負の寿司だ」

「勝負の寿司——」

さあ、もういいだろ、と蜂矢がいって、

「おれは柳刃さんたちと話があるから、でてってくれ」

創介たちは店をでて歩きだした。

「ちはるんとこにいこうよ。広場で炊き出しやってるから」

と凜花がいった。シネシティ広場へむかっていたら、スマホがないのに気づいた。さっき火野に電話したとき、カウンターに置いてきた。なにが起きるかわからない状況だけにスマホがないと落ちつかない。

「先にいってて。スマホ忘れたから」

走ってニュー来夢にもどると、柳刃と火野がカウンターにいた。スマホをとって厨房を覗いたら、蜂矢がいた。彼の前にはカクテルらしい紫色の液体と氷が入ったグラスがふたつある。蜂矢はそこになにかの錠剤を落とし、マドラーでかきまぜている。

「なにをしてるんですか」

声をかけたら、蜂矢はびくっと肩を震わせて、こっちを見た。

「——おまえこそ、なにしてる」

「スマホを忘れたから、とりにきたんです。その酒はなんですか」

「鉄火巻のお礼にバイオレットフィズを作ってるんだ。早くでてけ」

創介はうなずいて店をでたが、何歩も歩かないうちに足が止まった。

蜂矢はふだんカクテルなど作らないし、錠剤が気になる。店にひきかえそうか。それとも火野に電話すべきか。迷っていたら、店内からガラスが割れる音がした。まもなくドアが開き、蜂矢がすごい勢いで飛びだしてきて路地のむこうへ走り去った。

急いで店にもどると、カウンターの上でグラスが割れていた。柳刃はこっちを見ようとせず、タバコをくゆらせている。火野が険しい表情で、

「マスターは、おれたちの酒に妙なものを入れやがった」

「妙なものって――」

「さあな。たぶん睡眠薬だろ」

「えッ」

「兄貴が気づいたからよかったが、あぶねえところだった」

火野はいままで見たことのない冷ややかな目をむけてくると、

「知ってたのか」

低い声でいった。ち、ちがいます。創介はかぶりを振った。

「マスターがなにかの錠剤を酒に入れたのは見ました。バイオレットフィズを作ってるっていったけど、なんか変だから店にもどろうか、火野さんに電話しようかと迷って――」

「強力な睡眠薬は悪用を防ぐため、水に溶かすと青くなるようにしてあるんだ。それをごまかすにはバイオレットフィズやブルーハワイみてえな色の濃いカクテルにまぜる。ぼったくりバーやレイプ犯の常套《じょうとう》手段だ」

柳刃はタバコを灰皿で揉み消して席を立った。火野も立ちあがって、

「変だと思ったら、なぜその場でいわねえ。見損なったぜ」

ふたりは店をでていった。

創介は、その場にへたりこんで嗚咽《おえつ》した。そんなつもりはなかったとはいえ、結果的に柳刃たちを裏切ってしまった。それだけでなく蜂矢が嘘をついたのも悲しかった。柳刃たちに睡眠薬を飲ませようとした理由はわからないが、もう蜂矢は信用できない。半グレから足を洗うというのも、きっと嘘だろう。

悲しさと悔しさにしゃくりあげていると、スマホが鳴った。画面を見ると鱈夫からだった。電話にでたら鱈夫は喉をぜえぜえいわせて、

「凜花が——凜花がさらわれた」

「なんだって」

「広場にいったら、千春さんたちが炊き出しをやってた。凜花が手伝うっていうから、広場の子たちに食べものを配ってたんだけど、ぼくはトイレにいきたくなって——」

コンビニのトイレにいってもどってきたら、三人の男が凜花を連れていくのが見えた。必死であとを追ったが、男たちは凜花を黒い車に押しこんで、どこかへ走り去ったという。

すぐそっちにいく。創介は電話を切って店を飛びだした。全速力で走ってシネシティ広場に着くと、鱈夫がマッシュヘアを両手でかきむしりながら、歩きまわっていた。千春が青い顔で駆け寄ってきて、いま警察に電話した、といった。

「わたしがついてたのに、ごめん。ちょっと目を離した隙に——」

凜花をさらったのはどんな男たちか訊いたが、黒っぽい服装しかわからなかったという。鱈夫もおなじで人相は見ていないと答えた。鱈夫は狼狽した表情で、

「警察がきたら凜花を見つけてくれるかな」

「車種や車のナンバーは？」

「わからない。そこまで見えなかった」

三人の男は東京リッパーズにちがいない。けれども警察に説明するには事情が複雑だから時間がかかりすぎる。そのあいだに凜花は追跡できない場所へ連れていかれるかもしれない。

「柳刃さんたちに助けてもらえないの」

「もう無理だと思う。マスターが裏切ったから」

「えッ」

「いま話してるひまはない。でも火野さんに知らせとこう」

火野に電話したが、つながらない。凜花がさらわれたと留守電に入れた。続いて凜花に電話しようとして、不意に思いとどまった。どうせつながらないだろうし、スマホを鳴らせば男たちに気づかれて電源を切られるだろう。

そう考えたとき、脳裏に閃《ひらめ》くものがあった。凜花は以前スマホを落としたとき、創介のスマホを借りて位置情報を確認した。あのとき彼女は、ボトルをならべた棚の引出しからＩＤとパスワードを書いたメモをとりだした。

「凜花がどこにいるかわかるかも。店にもどろう」

創介はふたたび走りだし、鱈夫があとをついてきた。自転車に乗ったふたりの警官とすれちがった。

ニュー来夢に着いてメモを見つけると、捜索用のアプリに凛花のＩＤとパスワードを入力した。スマホの位置をあらわす丸印は、新宿三丁目の建物を示している。凛花はここにいるッ、と創介は叫んで、

「助けにいこう」

「でも、ぼくたちだけじゃ――」

「凛花の居場所がはっきりわかったら、警察に電話しよう」

急いで店をでたら、路地のむこうに黒いミニバンが停まり、強面の男たちがおりてきた。走りながら振りかえると、男たちはニュー来夢にむかっていく。蜂矢のカクテルで柳刃たちが眠ったら、拉致するつもりだったのかもしれない。

ここから丸印の場所までは徒歩で十数分だが、時間が惜しくてタクシーを拾った。友だちが大変なんです、と創介はいった。

「大急ぎでお願いします」

初老の運転手はうなずいてタクシーを飛ばした。車内で蜂矢のことを話したら鱈夫は溜息をついて、そんなひとだと思わなかった、といった。

「でもマスターになんのメリットがあるんだろ。柳刃さんたちに睡眠薬を飲ませ

て――」

「わからない。結局は熊神や蛇沼に逆らえなかったってことかも」

ふたりはスマホに表示された丸印に近い通りでタクシーをおりた。ゴーナッツの面接で佐藤という男に会ったのは、このへんのファミレスだった。

スマホで地図を見ながら歩いていくと、そこは古いテナントビルだった。入口の案内板にはスナックやキャバクラらしい店名がならんでいるが、ビルの窓や看板は明かりがついていない。

恐る恐るビルに足を踏み入れると、既視感をおぼえた。いや、既視感ではなく下水のような臭いに記憶がある。そう思ったとき、背後から肩をつかまれた。ぎょっとして振りかえると、スキンヘッドとデブ男が立っていた。


創介と鱈夫は赤い絨毯の上に転がっていた。口にガムテープを貼られ、両手は結束バンドで後ろ手に縛られ、起きあがることができない。天井にはシャンデリアが灯り、革張りのボックス席がいくつもならんでいる。

下水のような臭いに記憶があると思ったとおり、ここは蛇沼たちに拉致されたとき、布袋で目隠しをされて連れてこられた店だった。

奥のソファで熊神将星が悠然と足を組み、隣の席に蛇沼大我がいる。まわりには東京リッパーズの男たちが七、八人立っている。さっきスキンヘッドとデブ男に捕まって、この店に放りこまれたとき、

「おまえらから出向いてくるとは助かるな。でも、ここを知った以上、もう家には帰れねえぜ。パスポートとるのは若い奴が付き添ってやるから、フィリピンにいくまでここで寝泊まりするんだ」

と蛇沼はいった。熊神は鼻で嗤《わら》って、

「このガキどもはフィリピンにいったたって、仕事できねえだろ。むこうのブローカーに頼んで、五百万ぶん内臓売れ」

「腎臓は需要が多いんで、すぐ売れます」

「一個で五百万になるか」

「それは客しだいですけど、ちょっと足りないっすね」

「腎臓ふたつ売ったら死んじまうから、ほかのも売れよ」

なにいってんのッ、と凜花が叫んだ。

「そんなの許されるはずないじゃない」

「許されるんだよ。フィリピンじゃ臓器売買は合法なんだ」

熊神はそういってから、違法でもやるけどな、とつけ加えた。さっき車のなかで聞いたんすけど、と蛇沼がいって、

「この女の妹が白血病で入院してるらしいんです。こいつは骨髄ドナーで、来年の一月に手術するって話で——」

お涙頂戴《ちょうだい》はかんべんしろよ。熊神は泣き笑いのような表情になると、

「そんなことといったら、おれたちが許すとでも思ったのか」

許さなくてもいい、と凜花はいって、

「でも手術にはいかせて。それと創介と鱈夫は許してあげて」

「このガキどもは許さねえが、手術にはいかせてやるよ。ただ、その前に一千万稼いでもらわなきゃならねえから、仕事はハードになるぜ」

「あんたたちは——あんたたちは人間じゃないッ」

凜花は怒鳴って熊神につかみかかったが、男たちに押さえつけられた。いまは自分たちとおなじようにガムテープで口をふさがれ、両手を後ろ手に縛られている。凜花の目にあふれる涙を見ると、煮えたぎるような憤りで胸が張り裂けそうだった。鱈夫も目を真っ赤にして体を震わせている。

さて、と蛇沼がいってソファから腰をあげ、凜花の顔を覗きこんだ。

「手術まで時間がねえから、さっそく客をとってもらおうか。おまえみたいに、びいびい泣いてる女が好きっておやじがいるんだよ」

凜花は身をよじって声にならない悲鳴をあげた。連れてけ。蛇沼がそういうと男たちが、はい、と答えて彼女に詰め寄った。同時に蜂矢が駆けこんできたので目をみはった。憔悴《しょうすい》しきった表情でボストンバッグをさげている。

おや、と熊神がいって、

「おまえはバックレたんじゃなかったのか」

蜂矢はボストンバッグを床に放りだし、

「このなかに一千万あります。おれの全財産っす。これで、この子らを許してやってください」

ふざけんな、と熊神がいった。

「ガキどもを許してやるには、おまえが全財産払うのとヤクザのふたり組を拉致るのが条件だったただろ。それが失敗した以上、許すわけにはいかねえ。こいつらに貸した二千万を払うなら、話はべつだがな」

「そんな――」

「おまえは例のアテンドも失敗した。しかも一時はバックレようとした。そっちの埋めあわせはフィリピンでやってもらうぞ」

「あんまりだ——あんまりじゃないすか」

蜂矢は蒼白《そうはく》な顔でいった。

「おれは、あんたたちのために必死で稼いできた。なのにアテンドの責任も、おれにぜんぶ押しつけて、まだ金を絞りとる気なんすか」

「おまえは、もう賞味期限切れなんだ。捨て値で叩き売るしかねえだろ」

「——そうすか。よくわかりました」

蜂矢は上着の懐から折り畳みナイフをだして、刃を開いた。

「あーあ、やっちまったな。おれにそんなもんむけたら大変だぞ」

熊神はあくびを嚙み殺した。

うおーッ。蜂矢は獣のような声で叫んで、熊神に飛びかかった。が、たちまち男たちにナイフを奪われ、殴り倒された。男たちは倒れた蜂矢に群がって、踏んだり蹴ったりの暴行を加えている。

「殺さねえ程度にやれよ。そいつの内臓も売るんだからな」

熊神がそういったとき、男がひとり吹っ飛んできた。黒いセルフレームのメガネが鼻にずり落ちている。顔に見おぼえがあると思ったら、ゴーナッツの佐藤だった。佐藤は床に倒れて動かなくなった。入口に目をむけると、光沢のあるグレーのスーツを着た背の低い男が入ってきた。

「さっきから聞いちょったけど、きさんたちは本物の外道やの」

大膳光士郎はしわがれた声でいった。大膳組長、と熊神がいって、

「どうして、ここに」

大膳は凜花を顎で示して、

「この子が広場でさらわれるンを、うちの若い衆《し》が見とったんじゃ。きさんたちがここにおるとは知っちょるけん、迎えにきたったい」

「申しわけないけど、組長とは関係ない話です。おひきとりください」

「帰らんちゃ。わしの邪魔したら、ぼてくりこかすぞ」

熊神は含み笑いをして、田舎者の方言はイミフだな、といった。

「ステゴロの大膳だかなんだか知らねえが、チビが調子くれてんじゃねえよ」

「なんちや、きさま。もういっぺんいうてみい」

大膳が足を踏みだすと、三人の男が前に立ちふさがった。が、なにが起きたのかわからぬまに男たちは崩れ落ちた。ある者は首を、ある者はみぞおちを、ある者は脇腹を両手で押さえてうめき声をあげている。

大膳はなにごともなかったような歩調で、熊神に近づいていく。続いて飛びかかった三人も、たちまち床に倒れ伏した。大膳の動きは見えないほど速く、むだがない。一瞬で相手の急所をとらえていた。

スキンヘッドとデブ男が血相を変えて走ってきた。スキンヘッドは木刀をかまえ、デブ男は金属バットを担《かつ》いでいる。大膳は背の低さを利して、振りおろされる木刀と金属バットをかいくぐり、ふたりの股間に痛烈な一撃を見舞った。

スキンヘッドとデブ男は前のめりに倒れ、両手で股間を押さえて悶絶した。そのとき黒い筒状のものを持った蛇沼が、大膳の顔に白い液体を噴射した。鼻の奥がツンとする刺激臭で、催涙スプレーだとわかった。

大膳は真っ赤に充血した目を拳でこすったが、蛇沼に蹴り倒された。蛇沼はカーゴパンツのポケットからスタンガンをだして、大膳の首筋に押しあてた。バチバチと音をたてて青い火花が散り、大膳はうなり声をあげた。

「きさん、汚いばい」

ケンカに汚いもクソもねえよ、と蛇沼が嗤った。

「どんな手を使っても勝てばいいのさ。でなきゃストリートファイト三百戦無敗って記録は作れねえ」

大膳まで倒されては、助かる可能性はない。もうおしまいだと思ったとき、

「そいつァいいことを聞いた」

聞きおぼえのある声に目をやると、いつのまにか火野が立っていた。その隣に柳刃がいる。火野は片頰で笑って、

「ケンカに勝つには、どんな手を使ってもいいんだな」

床に転がっていた金属バットを拾いあげた。柳刃は、おなじく床にあった木刀をつかんだ。闇のなかに明かりが灯ったように胸が熱くなった。

わははは。大膳が床に倒れたまま豪快に笑った。

「なにがおかしい」

熊神が訊いた。大膳はひとしきり笑ってから、

「このふたりの正体を知らんとか。きさんたちゃあ、もう終わりじゃ」

「正体？」

まだいうな、大膳、と柳刃がいった。

「その前に、こいつらを叩きのめす」

「上等じゃねえか」

と蛇沼がいった。スタンガンをかまえている。

「おまえらが何者だろうと、歌舞伎町のゴッドは倒せねえよ」

なにがゴッドだ、と火野がいった。

「えらそうに名乗るんじゃねえ。暴力と嘘と金がすべてのくせに」

「暴力と金と嘘がすべてで、なにがおかしい？」

熊神がそういってソファから腰をあげた。

「外国を見ろ。独裁者は暴力と金と嘘で国民を支配する。それでもみんな見て見ぬふりをしてるじゃねえか。最後は正義が勝つっていうのは、アニメを観すぎたガキのたわごとよ。勝った奴が正義で、負けた奴は悪なんだ」

正義は勝ち負けではない、と柳刃がいった。

「正義とは弱者への思いやりだ」

「きれいごとをいうな。だったら弱者はみんな正しいのかよ」

「弱者だから正しいとは限らない。しかし相手の弱さにつけこんで、それを食いものにするのは悪でしかない」

「くっだらねえ。弱肉強食が自然の摂理だろ。弱者は強者の餌なんだよ」

熊神はせせら笑うと腰に手をまわし、黒光りするものをとりだした。それが拳銃だとわかって戦慄した。

「おまえらくらい素手で倒せるけど、かったるいからチャカでぶっ殺す。ガチの強者ってやつを見せてやるよ」

熊神は拳銃の銃口を柳刃にむけた。引き金にかけた指が白くなった。

やめんか、こらッ。大膳が怒鳴った。

「そのふたりは警視庁特務部の潜入捜査官じゃ」

想像もしなかった台詞《せりふ》に耳を疑った。大膳は続けて、

「弾いたって逃げられやせん。たいがいで観念せい」

「でたらめをいうな」

「でたらめやない。わしの兄貴分やった毒島組長も、ふたりの潜入捜査でパクられたんじゃ」

「おれは歌舞伎町のゴッドだ。逆らう奴は警察《サツ》でも許さねえ」

熊神は無造作に引き金を絞った。銃口から炎が閃き、銃声が轟《とどろ》いた。硝煙がたちこめ、柳刃ががくりと片膝をついた。撃《う》たれた。

「兄貴ッ――」

火野が叫んだ。

あはは。熊神は乾いた声で嗤って柳刃の前に立ち、額に銃口を近づけた。

「潜入捜査官なら、消えても表沙汰にできねえな。とどめを刺してやる」

熊神がふたたび引き金に指をかけた瞬間、柳刃は立ちあがった。同時に木刀を突きあげた。木刀の先端は熊神の喉にめりこみ、拳銃が手から落ちた。

「ぐえッ」

熊神は内臓を吐きだすような声をあげ、あおむけに倒れた。が、柳刃はなおも木刀をふるった。熊神の顔が見る見る血に染まり、巨体が烈《はげ》しく痙攣《けいれん》した。

蛇沼はスタンガンをかまえたまま呆然《ぼうぜん》として、マジで警官か、といった。

「警官がこんなことしていいのか」

いまのおれは警官じゃない。柳刃は木刀をふるいながらいった。

「――じゃあ、なんだ」

「柳刃組組長、柳刃竜一だッ」

ついでにいっとくぞ。火野がそういって金属バットを振りあげた。

「おれは舎弟の火野丈治だッ」

火野がフルスイングした金属バットが頭に命中し、蛇沼は棒のように倒れた。白目を剝き、口から泡を噴いた。熊神はもう動かなくなった。が、まだ生きている証拠に唇がわなないている。

柳刃はようやく木刀を捨てると、シャツのボタンをはだけて自分の胸を見た。シャツの下から防弾ベストが覗いている。いくつものサイレンの音が近づいてきた。大膳が顔をしかめて立ちあがり、熊神と蛇沼を見おろした。

クソどもが、と大膳はいって、

「あんたらはこれ以上手がだせんやろけ、わしがぶち殺しちゃろうか」

いけ、と柳刃がいった。

「もうすぐ捜査員がくる」

「ひとつ借りができたの。けど、あんたは兄貴の仇じゃ。それは忘れとらんばい」

「かまわん。いつでもこい」

大膳はよろめきながら去っていった。大膳は前に柳刃たちにむかって、あんたらの代紋にゃ勝てんばい、といった。大膳はあのときすでに、柳刃たちが警官なのを知っていたのだ。

火野は創介たちを抱き起こすと口のガムテープをはがし、床にあったナイフで結束バンドを切断した。

蜂矢は傷だらけの顔で立ちあがり、涙をぼろぼろこぼしている。

「すみません。おれは柳刃さんと火野さんを裏切って――」

「熊神の指示だな」

柳刃が訊いた。蜂矢はうなずいて、

「熊神は、うちの店に柳刃さんたちがきてるのを知って、おれがべつの組に寝返ったんじゃないかと疑って――」

熊神は、柳刃たちを薬で昏睡《こんすい》させるよう蜂矢に命じたという。

「そうしなきゃ、凜花たちを売り飛ばすっていわれて。だから、おれは――」

そのことは忘れた、と柳刃はいって、

「しかし半グレとしての罪はつぐなってもらうぞ」

はい、と蜂矢は答えて洟を啜りあげた。柳刃は続けて、

「おれたちは東京リッパーズの全容解明と組織の壊滅を命じられ、以前からおまえを内偵し、ニュー来夢を監視していた」

いつだったか鱈夫は、柳刃さんたちって、ほかにお客がいないときしかこないね、といった。柳刃たちが客がいるときにこなかったのは、どこかで店を監視していたからだろう。

兄貴とおれが張りこみしてるとき、と火野がいって創介を見た。

「おまえが買物にいったから尾行すると、東京リッパーズの奴らにからまれた。おかげで店に出入りする機会ができた」

あれは凜花に頼まれて、ドンペンTシャツを買いにドン・キホーテへいった帰りだった。路上に倒れていた鱈夫に声をかけたら、スキンヘッドとデブ男がやってきたのだ。

「どうして、おれを監視したんですか。ほかにも幹部がいるのに」

蜂矢が訊いた。柳刃は続けて、

「ほかの連中は所在がはっきりせず、ここがアジトなのも、つい最近までわからなかった。その点おまえはニュー来夢を経営してるから監視が容易だし、内偵した限りでは凶悪犯罪に手を染めていない可能性が高い。だから、おまえがおれたちを頼って、組織の内情を打ちあけるのを待っていた」

「でも、おれは柳刃さんたちが怖くて追いだしたかった。なにか裏があると思って——それで柳刃さんたちが店にくるのを大膳さんに伝えたんす」

柳刃たちと大膳が店にくる前、火野から牛の頬肉を煮こむよう頼まれた。蜂矢になにを作っているのか訊かれ、火野に頼まれたと話すと、なんにしても、あのふたりは今夜くるってことだな、といった。

あのあと蜂矢は大膳に連絡したにちがいない。柳刃と火野はそれを見越して、牛の頬肉を煮こむよう自分に指示したのか。

「おれは大膳さんを味方につけたかったけど、そんな甘いひとじゃなかったっす。あとで大膳さんにいわれました。このことは柳刃たちに黙っといてやるけど、二度とわしを頼るなって――」

柳刃はここが東京リッパーズのアジトだと断定し、まもなく強制捜査に踏みきる予定だったという。鉄火巻を勝負の寿司だといい、みんなに食べさせたのは、それが最後の食事だとわかっていたからだ。

乱れた足音がして警官たちがなだれこんできた。刑事らしい私服の男がふたりいる。火野が彼らに小声でなにかいった。刑事たちはうなずいて熊神と蛇沼のそばにいった。ひとりの刑事が腕時計を見て、二十三時三十分、といい、もうひとりが熊神将星、蛇沼大我、と事務的な口調でいった。

「暴行、監禁、傷害、脅迫、銃刀法違反容疑で現行犯逮捕する」

熊神が柳刃を撃ったのは殺人未遂だと思ったが、刑事がそれをいわなかったのは柳刃が潜入捜査官だからかもしれない。

熊神と蛇沼は警官たちに無理やり起こされ、手錠をかけられた。スキンヘッドとデブ男、ほかの半グレたちも警官たちに連行されていく。蜂矢も手錠をかけられそうになったが、柳刃はそれを制して、そろそろいけ、といった。

蜂矢はうなずくと泣き腫らした目をこっちにむけて、

「みんなにも悪いことをした。おれはみんなを見捨てて逃げようとして――」

もういいって。凜花が涙声でいった。

「あたしたちを助けにきてくれたじゃん」

創介と鱈夫はうなずいた。

罪をつぐなったら、もどってきて、と凜花はいった。

「ずっと待ってるから――」

「ぼくも待ってます」

おれも――といいかけて言葉につまった。自分たちを見捨てて逃げられたのに、蜂矢はここへきてくれた。それを思うと胸が苦しかった。蜂矢は顔をくしゃくしゃにして号泣しつつ、警官たちとでていった。

いろいろ大変だったな、と火野が微笑して、

「このあと本署で事情聴取があるから、協力してくれ」

わかりました、と創介はいって、

「でも、どうしてここがわかったんですか」

「おまえが留守電に入れただろ。凜花がさらわれたって。だから、あの子のスマホの位置情報を調べたんだ。ついでにおまえのスマホも調べたら、両方ともこのビルだった」

「そんなことが、すぐにわかるんですね」

「わからねえでどうする。おれたちは警視庁特務部の警察官だぞ」

「いまだに信じられません。柳刃さんと火野さんが潜入捜査官だったなんて――」

「そのことは誰にもいうなよ。兄貴とおれのことは忘れろ」

「誰にもいわないけど、忘れるなんて無理です」

「火野、もういくぞ」

と柳刃がいった。柳刃と火野は歩きだし、創介たちはあとを追った。ビルの外にでると、凍えつくような夜風が吹いてきた。路肩に黒塗りのジャガーが停まっている。柳刃は助手席に乗りこもうとしたが、創介が呼び止めた。

「待ってください。おれは、あいつらの共犯者かもしれないんです」

「どういう意味だ」

「おれは大手の求人サイトで仕事を探してて――」

ゴーナッツの求人に応募したら佐藤にファミレスで面接され、そのあと匿名の段ボール箱が送られてきた。それを公園で受けわたしするよう指示されたが、不審に思って交番へいこうとしたら蛇沼に拉致された。創介はそれを語って、

「段ボール箱の中身は覚醒剤だと蛇沼にいわれました。蛇沼は、おまえはもう犯罪者だって――」

「荷物の中身が覚醒剤だと知って受けとったのなら、罪に問われる。が、おまえはそれを知らなかったし、中身が覚醒剤だと証明できない。したがって、おまえは共犯者ではない」

創介は安堵の息を吐いて、よかった、とつぶやき、

「柳刃さんたちとは、もう会えないんですか」

「そうだ」

「――わかりました。でも、さびしいです」

「自分の意思で変えられないことは悩むなといったはずだ。しかし自分の意思で変えられることは、いくらでもある」

創介は唇を結んでうなずいた。

「おまえたち三人は、これからそれを変えていくんだ」

柳刃はジッポーをカチンと鳴らして、タバコに火をつけた。火野が微笑して、

「短いあいだだったが、みんなと会えて楽しかったぜ」

なにかいおうと思ったが、熱いものがこみあげてきて言葉にならない。鱈夫が隣でしゃくりあげている。

「柳刃さん、火野さん、ほんとうにありがとうございましたッ」

凜花が深々と頭をさげ、創介と鱈夫もそれにならった。

「おや、いつものタメロはどうした」

と火野がいった。凜花がはにかんで頭をかいたとき、大粒の雪が降りはじめた。

おッ。火野が声をあげて腕時計に目をやると、

「まだ日付は変わってねえぞ。ホワイトクリスマスだ」

暗い夜空に真っ白な雪が舞っている。

思わずそれを見あげていたら、柳刃と火野はジャガーに乗りこんだ。別れを告げるようにクラクションが鳴り、車は走りだした。三人は涙でかすんだテールライトを追いかけながら、手を振り続けた。

エピローグ――
弱さが強さ。はたちの三人は未来を変える

日曜の上野《うえの》公園はカップルや家族連れでにぎわっていた。

一月下旬とあって寒さはきびしいが、空はよく晴れて澄んだ空気が心地よい。昼さがりの淡い陽射《ひざ》しが、桜並木のまだ硬いつぼみを照らしている。

創介は凜花と鱈夫と肩をならべて竹の台広場――通称噴水広場を歩いた。

凜花は先週、骨髄ドナーの手術を終えて無事に退院した。彼女によると手術は成功で、妹は順調に回復している。凜花は体調を崩さないよう大事をとって年末から実家に帰っていたので、会うのはひさしぶりだ。

「あたしが退院してから、ニュー来夢を新規にはじめようよ」

凜花の提案で、店は閉めたまま営業していない。

創介も年末から山口の実家に帰ったが、帰省先のない鱈夫を連れていった。

「ぼくがいっしょにいって大丈夫？」

「平気だよ。うるさいおやじだけど、お客がくるのは好きだから」

母と離婚して以来、息子とふたりのわびしい正月だっただけに父は喜んで、

「専門学校の同級生ちゅうのは、あんたかね。わざわざおれに電話してきたから、いまどきできた若者やと思うたが」

実家に電話したのは東京リッパーズのメンバーだが、そのことは黙っていた。

大晦日《おおみそか》は三人で年越し蕎麦《そば》を食べ、元日は父のタクシーで山口の観光名所をドライブした。鱈夫は無邪気《むじゃき》に喜んだけれど、ときおり涙ぐむのが困った。

「うちの正月は、酔ったおやじに殴られるだけだったから――」

父とはことあるごとに衝突してきたが、自分は恵まれていたと思った。

「おれたちで店をはじめるんだ」

場所を訊かれて歌舞伎町だと答えると、父は目を白黒させて、

「そげなところで商売できるんか。おまえみたいな怠《なま》けもんが」

「がんばるよ。これでもハードな経験してきたんだから」

創介は鱈夫と顔を見あわせて笑った。

去年のクリスマスの事件後、三人は何度か警察の事情聴取を受けた。そのとき刑事に聞いたところでは、蜂矢はすなおに罪を認めて起訴され、拘置所へ移送された。蜂矢に会いたかったけれど、東京リッパーズは準暴力団と認定されているので、いまのところ弁護士と親族以外の接見はできない。裁判はまだ先だが、三、四年の実刑判決がくだされる見込みだという。

熊神と蛇沼は直接の逮捕容疑に加えて、殺人の容疑が複数浮かんでおり、有罪になれば、最低でも無期懲役はまぬがれない。スキンヘッドとデブ男やゴーナッツの佐藤など東京リッパーズの連中も長期の実刑に服すだろう。

噴水広場を歩いていくと、屋台が二軒ならんでいた。

一軒は艶のいいハゲ頭にねじり鉢巻をした老人がたい焼を焼き、もう一軒は二十代なかばくらいの男がふたり、お好み焼を作っている。屋台の前にはふたりと同年代の男女がいて、客にお好み焼をわたしたり、呼びこみをしたりとにぎやかだ。どちらも行列ができているから人気の屋台らしい。

ねえ、食べようよ、と凜花がいった。

「最初にお好み焼で、デザートにたい焼」

「うん。どっちも美味しそう」

「食べよう、食べよう」

三人はお好み焼の行列にならんだ。

きょうはこのあと合羽橋《かっぱばし》の道具街に、店の備品や掃除用品を買いにいく。ニュー来夢を新規に開店する前に店内をきれいにして、雰囲気を明るくしたい。予定では最初から合羽橋へいくはずだったが、凜花が上野公園にいきたいというから、ここにきた。

順番を待つあいだスマホでニュースを見ると、蜂矢がアテンドした俳優のスキャンダルがトップ記事にある。スキャンダルが最初に報じられたのは一月上旬だが、いまだに報道合戦はおさまらない。「不倫に覚醒剤。超人気俳優が暴力団と半グレの餌食《えじき》に！　復帰は絶望か」という見出しに、人生のはかなさを感じた。

わが世の春を謳歌《おうか》しているような人物でも、一瞬で地の底に転落してしまう。自分も柳刃たちがいなかったら、いまごろはフィリピンで犯罪の手伝いをさせられるか、臓器を売られていたかもしれない。

会社の求人に応募しただけで、闇の世界へひきずりこまれることもある。だからといって、いまの世の中を嘆いたところで、なにも変わらない。

三人はベンチでお好み焼を食べてから、たい焼の行列にならんだ。ねじり鉢巻の老人は鉄板ではなく、長い二本の柄《え》がついた金型で一匹ずつたい焼を焼き、

「ほい、たい焼三丁あがりッ」

威勢のいい声で紙袋をさしだした。

お好み焼も旨かったが、たい焼は絶品だった。きれいな焦げ目がついた皮はサクサクした歯ごたえで、ほどよい塩かげんの餡《あん》は小豆《あずき》の風味が生きている。

「あのたい焼、めちゃくちゃ美味しかった。また食べたい」

合羽橋へむかって歩きながら、鱈夫がつぶやいた。創介と凜花が同意すると、

「あのおじいさん、すごいなあ。あんな歳で、ぼくより背が低いのに」

また背の話？　凜花が笑った。

「誰も気にしてないって」

「ごめん。なにか考えるとき、つい身長が基準になっちゃって。こういう考えかたを変えなきゃいけないんだけど」

「いいんじゃね。誰だって、すぐには変われないよ」

合羽橋の道具街で買物をすませてから、三人は歌舞伎町へいった。店に入るの

はクリスマス以来とあって、掃除に時間がかかりそうだった。もう陽は暮れかけて歌舞伎町一番街はネオンが灯り、喧騒のなかをひとびとが行き交う。シネシティ広場には、きょうもトー横キッズたちが点々とたむろしている。彼らに声をかけていた鮎川千春が、こっちに気づいて笑顔で手を振った。

退院したあと、ちはるんから電話があったの、と凛花がいった。

「そのときニュー来夢のこと話したら、広場の子たちもいけるような店にできたらいいねっていわれた。あたしも広場にいたとき、気軽にいける店がなかったから、いいアイデアだと思った」

たしかに歌舞伎町は、と創介がいった。

「若い子がいける個人経営の店ってすくないね」

「ただ未成年の子もいるから、バーじゃむずかしいかも」

「いいじゃん。もともとバーって雰囲気じゃないし、看板はスナックだから」

なにかで読んだけど、と鱈夫がいって、

「スナックって、もとは軽食をだすバーからはじまったんだって」

「じゃ、スナックでやろうよ。めっちゃレトロな雰囲気なのに、おれたちがやってるギャップがウケるかも」

それいい、と凜花がいった。

「で、居場所のない子たちが美味しいごはん食べられる店にしたい。値段もうんと安くして」

「安くはしたいけど、利益はださないと」

「それは、お酒呑める大人のお客からもらう」

「酔っぱらいから、ぼったくろうか」

「だめだめ。明朗会計でなきゃ」

「冗談に決まってるだろ。つーか、パパ活やってたくせに」

てへ、と凜花は舌をだした。

がやがやしゃべっていたらニュー来夢に着いた。

ドアの鍵を開けようとしたとき、背後でしわがれた声がした。

「妹の手術はうまくいったんか」

振りかえると大膳光士郎が立っていたから、ぎくりとした。

おじさん、と凜花が声をあげた。

「妹は大丈夫。あたしも元気」

「ほうか。なら、ええわ」

「あ、そうだ。このあいだはありがとう。あたしたちを助けにきてくれて」

創介と鱈夫も礼をいって頭をさげた。

大膳は返事をせずに毛皮のコートのポケットに両手を突っこんで、

「ちょっと前に、男が何人か店からでてきたぞ」

「えッ、誰が――」

「誰か知らんが、どっかの業者みたいな奴やった」

創介たちは急いで店に入り、照明をつけた。

とたんに目を疑った。割られたはずのグラスやボトルが棚にならび、電飾看板が新品になっている。店内を見てまわると、壁に貼られた写真やトイレの短冊はそのままだったが、掃除が行き届いている。買ってきた荷物を店に置いて、三人は外にでた。大膳は肉の厚い頬をゆるめて、

「どうやった。なんかあったか」

あったけど――と凜花がいって、

「おじさんが誰かに頼んだの？」

「だとしたら、どうする。ヤクザのほどこしは受けられんか」

凜花は目を伏せた。わははは。大膳は体をそらせて笑い、

「堅気はそうやないといかんばい。しかし、わしはなんもしとらんぞ」

「じゃあ誰が――」

「さあ、わからんのう」

「だったら、おじさんはなぜここに――」

「通りがかっただけちゃ。まあ三人でがんばりない」

「ありがとう、おじさん。でも、この店は――」

「心配せんでよか。わしは顔ださんけん」

あの、大膳さん――と鱈夫がいった。

「ぼくも大膳さんみたいに強くなりたいです」

「腕っぷしが強なったちゃ、どうもならんぞ。揉めごとが増えるだけじゃ」

「いえ、そうじゃなくて気持の強さです」

「自分の弱さが強さになるったい」

「え？　自分の弱さが強さ、ですか」

「弱いけん強くなれると。ひとからバカにされたら、ぐっとこらえて腹に溜めちょけ。それを相手やなくて、おのれの仕事にぶつけるんじゃ」

「おのれの仕事にぶつける――」

「おう。何年も何年もそうしとったら、いつのまにかバカにした奴に勝っちょる。男はのう、こんちくしょうと思うたんびに強くなるんじゃ」

大膳は踵をかえすと片手をあげた。

鱈夫は、去っていく広い背中をうるんだ目で見送った。いまの言葉には創介も力づけられた。同時に、貧乏でモヤシばかり食べていたという大膳の若いころを思った。

三人は店にもどり、あらためて店内を見まわした。こんなことをしてくれるのは、あのふたりしかいない。三人はボックス席のソファに腰をおろした。柳刃と火野と食べた料理の数々が脳裏に蘇《よみがえ》る。そしてふたりの言葉も――。凜花と鱈夫もおなじ感慨に浸っているようで無言だった。

柳刃と火野に、もっといろいろな料理を教えてほしかった。もっといろいろなことを教えてほしかった。もうふたりに会えないと思ったら、さびしさで胸が締めつけられる。が、落ちこむのはひとりのときでいい。

よーし。創介は自分をふるい立たせるようにいって立ちあがった。

「作業やる前に一杯だけ呑もう」

「うん。きょうからスタートだね」

「こんどは、あたしたちが誰かを助ける番よ」

はたちの三人が、この店をやっていけるかどうかわからない。きっとこの先には、さまざまな困難が待ち受けているだろう。自分の意思ではどうにもならないことも、たくさんあるはずだ。けれども未来は、きっと変えられる。

あのふたりが自分たちを変えたように——。

歌舞伎町の暗い路地裏に、乾杯の声が響いた。

この作品は文春文庫のために書き下ろされたものです。

DTP制作　エヴリ・シンク

文春文庫

俠《おとこ》飯《めし》 9
ヤバウマ歌舞伎町《かぶきちょう》篇《へん》

定価はカバーに
表示してあります

2023年10月10日　第1刷

著　者　福《ふく》澤《ざわ》徹《てつ》三《ぞう》
発行者　大沼貴之
発行所　株式会社 文藝春秋

東京都千代田区紀尾井町 3-23　〒102-8008
TEL　03・3265・1211(代)
文藝春秋ホームページ　http://www.bunshun.co.jp
落丁、乱丁本は、お手数ですが小社製作部宛お送り下さい。送料小社負担でお取替致します。

印刷製本・大日本印刷
Printed in Japan
ISBN978-4-16-792112-5